Courtes histoires avec ou sans espoir

Jeanne Sélène

Blanc comme neige

Première parution :

Anthologie *Sombres félins*

Éditions Luciférines

I l paraît que je suis courageuse. Foutaises. La peur ne m'a jamais quittée depuis la première gifle. C'est cette trouille qui me paralysait et m'empêchait de fuir. Il a fallu qu'il s'attaque à Simon pour que j'ose enfin sortir de ma torpeur. Il me savait tellement sous son emprise qu'il n'a rien soupçonné. Quand le train a quitté la gare d'Annemasse en direction de Paris, j'ai cru le voir sur le quai. Son regard inquisiteur perçait mon âme et me glaçait le sang. J'ai serré contre moi mon garçon qui jouait paisiblement avec ses figurines de dinosaures. J'ai cligné des yeux et la silhouette a disparu, laissant place à un vide presque aussi inquiétant.

Aujourd'hui encore, son visage me hante. À chaque coin de rue, il me semble l'apercevoir. Mais comment pourrait-il nous retrouver ici ? Si j'ai choisi Caen, c'est justement parce que rien ne m'y attache : ni famille, ni amis. La meilleure planque imaginable.

Il a fallu trouver un taf, un appart'... Malgré l'aide de l'assistante sociale, j'ai cru ne jamais y arriver. Maintenant, nous sommes bien installés dans notre minuscule T2 meublé : une chambre d'enfant, un salon avec clic-clac convertible pour moi, une micro-cuisine et une salle de bains pourvue d'une étroite baignoire sabot. Juste ce qu'il faut, pas plus, pas moins.

Mon job de caissière à la supérette du coin me permet de payer le loyer et la bouffe. Que demander d'autre ?

— Allez viens, maman !, me presse Simon.

Quelle idée j'ai eue de céder à son envie d'accueillir un chaton ! Comme si nous n'avions pas assez avec le poisson rouge et le hamster ! Seulement mon fils est comme ça : un vrai collectionneur de bestioles en tous genres. Quand c'était encore les affreuses représentations en plastoc, ça allait, malheureusement il lui en faut toujours plus. Et moi, je ne sais pas dire non. Son père l'a tant brimé… Je ne peux me résoudre à poursuivre dans cette voie. Je ne sais pas « mettre le cadre », « poser les limites » ; tous ces trucs de psy réac', ce n'est pas pour moi. Et si j'y prenais goût à cette autorité ? Si je devenais violente à mon tour ? Je ne me le pardonnerais jamais.

Quand je pénètre dans le refuge, je suis assaillie par des odeurs nauséabondes et un vacarme assourdissant : concert d'aboiements et de miaulements effrayés. C'est un jour de portes ouvertes et d'autres adoptants encombrent le couloir. Nous patientons jusqu'à ce qu'une femme entre deux âges arrive pour nous accompagner dans notre choix.

À l'intérieur de la cage, une vingtaine de jeunes chats grouillent.

— Celui-là !, pointe Simon. C'est celui-là que je veux !

Il désigne une toute petite bestiole de six mois à peine. Sa fourrure blanche est mitée, son nez semble encombré et ses yeux pleurent…

— Tu es sûr, bonhomme ?

Il hoche vivement la tête et la guide s'empare de notre cage de transport avant de pénétrer au milieu des félins. Elle attrape le chaton d'un geste vif et expert. L'animal crache et sort les griffes ; son air menaçant me surprend. Enfermé derrière la grille, je l'entends pousser un long grondement. Eh bien ! Ça va donner... Simon, lui, semble ravi.

À peine arrivé dans l'appartement, mon fils s'agenouille près de la boîte que je viens de poser. Ses mèches blondes tombent devant ses yeux bleus. Avec tout l'enthousiasme de ses quatre ans, il se met à parler à son nouvel ami qui poursuit ses grognements. Son monologue achevé, il ouvre la porte et s'écarte légèrement. La boule de poils blancs jaillit de la cage comme une furie et court se planquer sous la table basse.

— Il est trop bien !, s'exclame Simon qui ne perçoit pas mon air sceptique.

— Tu veux aller secouer les croquettes pour lui montrer où elles sont ?

Il s'élance avec joie vers la cuisine et sa petite voix s'élève bientôt. Quel plaisir de le sentir si heureux ! Si Jules nous voyait aujourd'hui, je prendrais une sacrée raclée. À cette simple évocation, une angoisse infinie m'étreint le cœur.

Allons, c'est fini, il n'est pas là et ne nous retrouvera jamais.

Je ne parviens cependant pas à être rassurée, mon intuition me souffle que rien n'est fini et qu'au contraire, tout vient à peine de commencer.

Le chaton sort la tête de sa cachette et me lance un regard froid, calculateur. Il transperce mon âme puis paraît sourire. Je frissonne malgré moi, c'est ridicule !

De sa démarche fluide, il part en direction de la cuisine, attiré par le bruit des croquettes.

— Il ronronne !, s'exclame Simon peu après. Il est trop mignon ! On va l'appeler comment, maman ?

— À quoi tu penses ?, lui demandé-je.

— Angel ! Je voudrais l'appeler Angel, maman. Il est tout blanc comme les ailes d'un ange !

Furtivement, je repense à cette série de mon enfance : *Buffy contre les vampires*. C'est un suceur de sang qui portait ce nom, si mes souvenirs sont bons. J'espère que ce n'est pas un mauvais présage…

Simon franchit le portail de la maternelle en hurlant de joie. Quel bonheur de le voir si détendu ! Jamais il ne se serait permis autant d'extravagance à l'époque où Jules m'accompagnait. Ah c'est sûr, depuis l'extérieur, nous étions une vraie famille modèle : lui toujours présent pour tout, moi toujours pimpante, maquillée, habillée avec goût. À ses goûts... Robes longues pour masquer les bleus sur mes jambes. Gilet pour camoufler les écorchures de mes bras. Fond de teint pour effacer les moindres traces de coups sur mon visage. Quoiqu'il ait toujours tenté de se limiter à mon corps, il perdait parfois les pédales allant jusqu'à user des poings contre mes joues. Plusieurs fois, j'avais dû simuler une grippe et rester cloîtrée à la maison. De toute façon, je n'avais pas le droit de sortir sans son autorisation. Sauf pour les courses. Il me donnait chaque jour un peu de monnaie et j'allais au supermarché pour remplir le frigo. C'est grâce à cette unique sortie que nous avons pu nous enfuir. Il avait fallu récupérer Simon à l'école en feignant un rendez-vous médical. Je n'avais jamais eu peur à ce point ! Heureusement, tout s'était bien passé.

Les hématomes étaient derrière moi. Enfin. Tout cet enfer n'avait que trop duré.

Après un gros quart d'heure de marche pendant lequel mon esprit ruminait de sombres pensées, nous arrivons au bas de l'immeuble. Le temps de pianoter le code et le déclic retentit, permettant l'ouverture de la porte. À mi-palier, une nouvelle porte se dresse, cette fois-ci munie d'une serrure. Ça rend les choses compliquées quand je reviens avec des sacs de courses, mais cette surenchère de sécurité m'apaise.

Encore trois étages et nous débarquons devant notre appartement. Plusieurs tours de clé plus tard, un miaulement révolté nous accueille. Avec une rapidité née de l'habitude, je me baisse pour repousser le chat et éviter qu'il ne sorte. Il crache après moi d'un air mauvais et me lance son regard de psychopathe. Néanmoins, quand mon fils le prend dans ses bras, il se met à ronronner et ses yeux se plissent de contentement.

J'allume machinalement la télé et m'affale sur le clic-clac. Simon va poser son cartable dans sa chambre et je l'entends jouer avec son minet.

— Vas-y, Angel ! Et maintenant, tu attaques les dinosaures ! Grrrrraou !

Je ferme les paupières et m'assoupis.

— Maman ! Maman ! Y'a Bubulle qu'est plus dans son bocal !

Je me redresse vivement et pars constater la disparition du poisson rouge. Après quelques minutes, nous le retrouvons sur le carrelage de la cuisine, immobile. Le chat arrive, marchant à la fois lentement et souplement, puis s'asseoit à côté du petit cadavre. Il se met à lécher avec contentement son pelage immaculé. Depuis deux mois qu'il vit avec nous, il a repris du poids et de la prestance. Je lui trouve un air de faux-cul à se pavaner ainsi. Je me doute bien qu'il n'est pas étranger à la mort de Bubulle.

— Il est parti-parti ?, me demande Simon avec une moue déçue.

Je confirme et tente de lui expliquer maladroitement...

Un court silence se fait, je reste les bras ballants, démunie ; alors il redresse vivement la tête et me demande :

— Dis, maman, on pourrait l'ouvrir pour voir comment c'est dedans ?

La surprise me fait sursauter. Je contemple les yeux brillants de plaisir anticipé de mon fils et bégaye :

— Ça… ça ne se fait pas. On devrait peut-être aller le relâcher dans l'Orne, qu'en penses-tu ?

— C'est nul, se renfrogne Simon en partant bouder dans sa chambre.

Je reste interdite et, quand je me retourne pour saisir le poisson, il a disparu, de même que le félin. Me voilà seule dans une pièce devenue glauque.

Ses mains légèrement calleuses parcourent mon corps tendu à l'extrême. Un faible gémissement s'échappe de mes lèvres entrouvertes. Ses doigts glissent le long de mes hanches, sa bouche ne cesse de m'embrasser. Je sens mon ventre se tordre de désir. Il frotte son nez contre mon pubis puis sa langue s'active entre mes cuisses. Je ne peux retenir mes soupirs de plaisir…

Un poids vient soudain meurtrir mes seins sensibles et j'ouvre les yeux, m'extirpant à regret de mon rêve érotique. La télévision encore allumée éclaire une tête triangulaire. Angel est là, posé sur moi. Son regard brun m'observe avec insistance. Brusquement, le visage de Jules se superpose au sien et me pétrifie. Saisie d'effroi, je m'imagine qu'il m'a retrouvée. J'entends déjà sa voix à la fois moqueuse et doucereuse. Il va me railler, me rappeler combien je suis inutile et insignifiante. Puis il va m'embrasser, me dire qu'il ne peut pas se passer de moi, qu'il a cru mourir de se retrouver seul. Qu'il a tenté de mettre fin à ses jours, fou de désespoir. Il va ajouter ensuite qu'il m'aime à la folie. Il va attraper mon menton dans sa paume et le serrer un peu. Puis plus fort, de plus en plus fort... Sa main droite va venir pincer ma taille, doucement d'abord puis il va tourner ma peau avec chaque fois plus de violence. Quand il sera lassé de ce jeu, il va contracter ses poings et frapper, encore et encore. Il va meurtrir mon corps sans cesser de déclamer son amour.

D'un seul coup, le greffier lâche un étrange claquement, sorte de feulement annonciateur d'une attaque. Libérée de mon sort d'engourdissement et de l'emprise de mes souvenirs, je me redresse vivement et jette Angel au bas du lit. Cet animal me fait flipper. Aussi inexplicable que cela puisse paraître, il me rappelle Jules. Je le pousse sans ménagement jusque dans la cuisine et l'y enferme. Quand je retourne me coucher, mon pouls bat la chamade. Incapable de me rendormir immédiatement, je zappe et m'abreuve d'images télévisuelles.

Nous sommes samedi, je n'ai pas mis de réveil. C'est la voix enjouée de mon fils qui me sort de mon sommeil.

— Eh, regarde, Angel ! C'est trop drôle ici ! On dirait un vieil élastique. Quand j'appuie là, ça gicle. Pouah, ça pue !

Je me lève doucement, ôte la couette que je glisse dans le coffre du clic-clac à la place de la housse et referme le canapé-lit. En trois minutes, le tour est joué et ma chambre se transforme en salon pour la journée.

Simon continue de babiller dans la pièce à côté. Je pousse la porte entrebâillée. Il est installé par terre et me tourne le dos. Le chat est assis face à lui et regarde dans la même direction, l'air captivé et gourmand.

Je m'approche et pousse un cri épouvanté. Sur le lino, gît le hamster. Son ventre est ouvert, ses tripes s'étalent sur le sol. Simon tient dans sa main un couteau pointu, ses doigts sont couverts de sang. Quand il se tourne vers moi avec un large sourire, j'aperçois des perles rouges sur ses joues rebondies.

La nausée monte. Je me détourne et cours vers la salle de bains. Mon estomac vide se contracte. Un peu de bile emplit ma bouche. Je crache au fond de la cuvette. C'est Jules, ne puis-je m'empêcher de penser. Ce sont ses gènes. Ils ont perverti mon fils. Un sanglot étouffé me bloque la gorge. Ai-je donné naissance à un Dexter en puissance ?

— Maman ?

Il se tient derrière moi, sa lame ensanglantée pointée dans ma direction.

— T'es malade, maman ? T'as besoin d'aide ?

Une frousse horrible gonfle en moi. Dans les prunelles bleues de mon fils, je retrouve le regard de mon mari. Je ne m'étais encore jamais avoué la ressemblance vive qui existe entre Jules et Simon. Tout d'un coup, il me semble menaçant. Je retrouve mes anciens automatismes de défense, ceux que j'avais mis en place pour survivre auprès de mon tendre époux...

— Non, tout va bien, mon chéri. Mon ton faussement enjoué sonne faux. Il faudra nettoyer quand tu auras fini de jouer. Je vais sortir un sac plastique pour Mickey.

— T'as vu, il est tout cassé, faudra en racheter un autre.

Je hoche la tête, je n'arrive plus à réfléchir calmement. Il faudrait trouver un psychologue peut-être ? Impossible, je n'aurai jamais les moyens de payer. Aller au CMP[1] ? C'est hors de question, ils n'ont pas été fichus de m'aider quand Jules a commencé à être violent peu après notre mariage.

Je me lève, tire la chasse d'eau et me lave machinalement les dents. Simon entoure mes jambes de ses deux bras maigres. Ses mains poisseuses laissent des traces brunes sur mon pantalon de pyjama, pourtant je n'ose rien dire.

— Je t'aime, maman.

— Moi aussi, mon cœur, réponds-je d'une voix blanche.

Le reflet dans le miroir me renvoie l'image d'une femme émaciée aux yeux perdus. Des mèches brunes s'éparpillent sur son visage et se collent sur sa peau moite. Suis-je condamnée à partager ma vie avec des déments ?

Et si c'était moi, la barjot ?

— Je veux pas sortir, maman !

— Il fait beau, Simon, on ne va pas passer la journée enfermés !

— Je veux rester avec Angel. On joue trop bien ensemble et lui, il peut pas venir au parc...

Le chat me scrute avec ironie, comme s'il me mettait au défi de désobéir à mon fils.

La douche et le petit déjeuner m'ont redonné un peu de contenance et je ne cède pas.

Dans la rue, mon fils me suit en traînant des pieds. Il me dépasse soudain en me bousculant et court vers un pigeon qui picorait à quelques pas de là. Au moment où il s'apprête à frapper l'oiseau d'un coup de basket rageur, ce dernier s'envole dans un bruissement d'ailes.

— Simon ! On ne tape pas les animaux !

Il se retourne vers moi avec colère. Ses prunelles lancent des éclairs. Il semble me dire « tu ne perds rien pour attendre ». Une bouffée d'adrénaline parcourt mon corps.

Allons, ce môme n'a que quatre ans, je ne vais quand même pas avoir peur de lui !

Enfin parvenu au parc, il se met à courir vers l'espace des jeux, mais son animal à ressort préféré est déjà pris par un enfant plus jeune. Il lui hurle de descendre, les poings fermement posés sur les hanches. Le gamin rechigne alors Simon l'empoigne par le T-shirt et tente de le déloger de son emplacement.

J'arrive en courant et attrape mon fils.

— Mais ça va pas ou quoi ? T'es fou ?

Je me sens impuissante. Qu'ai-je raté dans son éducation pour qu'il devienne subitement si violent ? Je l'éloigne de force et l'entraîne vers le parcours de motricité dans lequel il aime habituellement crapahuter.

Il s'assied un peu à l'écart, boudeur. Armé d'un bâton, il frappe la terre avec fureur, pulvérisant au passage quelques fourmis innocentes.

Après une heure de cette situation, je trouve enfin le courage de m'agenouiller auprès de mon fils.

— On rentre maintenant ?

Il lève vers moi des yeux mouillés de larmes.

— Je t'aime, maman...

Un énorme soulagement détend une à une chacune de mes cellules.

— Moi aussi je t'aime, mon bonhomme.

J'ouvre les bras et il vient se pelotonner contre moi. Comme une droguée en manque, je hume avec délice son odeur. Je me rappelle avoir fait de même le jour de sa naissance. Un flot d'amour m'envahit et je me sens pleurer pareillement.

C'est Jules. Même à distance, il tente de nous détruire. Je ne le laisserai pas gagner. Je blottis un peu plus fort mon enfant contre ma poitrine.

— Ça te dit de commander une pizza ?

Il se met à sauter en criant des « oui, oui, oui ». Le voir si heureux me transporte de joie. C'est main dans la main et le sourire aux lèvres que nous rentrons à l'appartement après un détour chez le pizzaiolo.

À peine dans l'appart', Angel surgit et vient se frotter contre les jambes de Simon. Il ne daigne pas me regarder. Je file vers la cuisine et dresse le couvert.

— À table !

Mon fils grimpe sur sa chaise, le chat s'installe aussitôt sur ses genoux en ronronnant. Je sais bien qu'il réclame de la nourriture dès que j'ai le dos tourné, toutefois rien ne peut gâcher mon plaisir ce midi !

La journée s'est déroulée sans accroc. Les traces du hamster et de l'affreuse séance de dissection ont disparu. J'ai passé nos pyjamas en machine et ils sèchent maintenant sur le tancarville. Je bouquine, confortablement installée dans le canapé et Simon joue avec ses dinosaures et son chat. Tout est parfait. Le soleil décline doucement, éclairant le salon de ses derniers rayons. Je me sens bien. Même l'ombre de Jules, qui plane habituellement au-dessus de ma tête, s'est dissipée.

Je termine mon chapitre puis pose mon livre pour préparer le dîner. Je ressens une grande satisfaction à l'idée d'avoir enfin repris la lecture. Depuis que j'ai laissé tomber le lycée pour m'installer avec Jules, c'est mon premier bouquin. J'ouvre le frigo et y découvre avec stupéfaction le corps de Bubulle soigneusement découpé dans une assiette à dessert. Un soupçon d'angoisse m'étreint. La voix de mon mari résonne en moi avec force :

Toujours aussi nulle ! T'es pas foutue de te faire respecter par ton fils. T'es qu'une bonne à rien. File faire à bouffer et t'as pas intérêt à encore tout rater. J'ai bossé, moi, j'ai faim.

Je secoue la tête, prends les restes du poisson et vais les jeter dans les toilettes. Machinalement, je nettoie l'assiette puis l'essuie. Je vais faire des pâtes et décongeler des galettes de légumes. Je me sens subitement trop fatiguée pour concocter un repas plus élaboré.

Malgré tout, ces gestes quotidiens m'apaisent et me vident l'esprit.

Quand tout est enfin prêt, je me dirige vers la chambre. La voix aiguë de Simon s'échappe de la porte entrouverte.

— Tu crois vraiment qu'on peut faire ça, Angel ? Maman ne va pas être en colère ? Alors ok ! Ça va être super drôle !

Je glisse ma tête dans l'interstice. Mon fils est allongé sur son lit face à son chat. Ils semblent en pleine discussion. Simon hoche parfois la tête comme si la boule de poils blancs venait de lui soumettre une idée. Le matou se tourne brusquement et me dévisage avec insistance. À nouveau, j'ai l'impression de voir apparaître un sourire ironique. Ses moustaches frémissent comme s'il anticipait un moment délicieux.

Je déglutis difficilement et articule avec peine :

— Le repas est prêt. Tu viens manger ?

Après le bain, Simon me tanne pour un dernier jeu.

— Tu dois t'allonger là. Tu es une princesse et tu dors. Allez, vas-y maman, fais semblant !

Je m'exécute avec indulgence. À peine installée, je sens un poids sur ma poitrine, c'est le chat. Je l'entends pousser un feulement étrange. Aussitôt, la torpeur envahit le moindre de mes muscles. Je ne parviens plus à bouger. Seules mes paupières acceptent de se relever.

— Attends, Angel, c'est moi le prince, ce soir ! Descends !

La lourdeur disparaît et je retrouve possession de mon corps. Je me force à jouer le jeu de mon fils, mais l'envoie au lit dès que possible.

C'est ce chat, c'est lui qui m'a paralysée. C'est lui qui change mon garçon en psychopathe. Il faut absolument que je réagisse.

Je tente de paraître impassible, pourtant la peur me submerge encore. Peu à peu, un plan machiavélique s'échafaude dans mon esprit. Suis-je en train de basculer vers la folie ?

En maman modèle, je chantonne une douce berceuse, allume la veilleuse et ferme la porte après un dernier baiser. J'entends le chat dans la cuisine, il grignote ses croquettes. C'est parfait. J'arrive à pas légers derrière lui et l'attrape en un seul geste, tentant de reproduire la technique de la responsable du refuge. Il pousse un miaulement étouffé et je renforce ma prise. Mes mains crispées emprisonnent son cou étroit. Il lance des coups de pattes désordonnés, griffant au passage mes poignets et mes avant-bras dénudés. La douleur n'est rien. Mon corps est habitué à pire, bien pire. Tu ne m'auras pas cette fois.

À voix haute, je souffle avec rage :

— Tu ne tourmenteras plus ma famille, démon !

Je serre, encore et encore. Le chat couine, ses yeux se ferment. Ses mouvements se font plus maladroits, plus lents puis cessent complètement... Je reste encore longtemps ainsi pour m'assurer de sa mort. Enfin, je relâche mon étreinte. Mes doigts sont blanchis par l'effort. Sans émotion, je secoue le félin. Il est bel et bien inerte. Impeccable. Je glisse le corps sans vie dans un sac poubelle que je noue à plusieurs reprises. J'ouvre la porte-fenêtre et balance le paquet sur le balcon. Je le jetterai au local demain. Pour l'heure, j'ai besoin d'une verveine. D'une verveine et d'un bain chaud.

C'est un ronronnement léger qui me réveille. Suis-je en plein cauchemar ? Ça ne peut pas être lui ! Je l'ai tué, emballé puis mis dehors. Il est impossible qu'il soit revenu ! Sourd à toute logique, le ronron ne s'arrête pas, il s'amplifie même, tout comme mon rythme cardiaque.

Alors je perçois la voix fluette, mais déterminée de mon fils.

— Tu as raison, Angel. On doit la punir. Elle n'avait pas le droit de te faire ça ! Tu es mon ami !

Juste après, une présence comprime légèrement mon torse. J'ouvre les paupières. Une lumière tamisée éclaire un chat blanc comme neige.

C'est insensé, je l'ai tué ! Il ne peut pas être là, à me fixer de ses prunelles froides. Son ronronnement se mute en un claquement sec. Mes muscles deviennent à nouveau guimauve. Du coin des yeux, je vois Simon à ma gauche. Son petit poing cramponne un long couteau de cuisine. Je le sens soulever sans ménagement mon haut de pyjama. Il me regarde comme un vulgaire objet, d'abord impassiblement puis avec une avidité malsaine.

— Tu crois que c'est pareil que dans Mickey ?

Le matou tourne la tête vers lui et lance un miaulement interrogateur.

— Tu as raison, on va bien voir !

Aussitôt, la lame plonge dans mon ventre. Ma peau résiste un court moment puis cède. Une mimique concentrée se peint sur le minois de mon fils. Ses sourcils se froncent, tout focalisé qu'il est à découper mes chairs. La douleur — physique tant que psychologique — est intense, insoutenable. Le sort du chat me maintient passive, pourtant je voudrais hurler. Ce n'est pas mon Simon qui m'écorche ainsi avec jouissance, c'est inconcevable ! Il écarte les bords de la plaie, déchire mes entrailles. C'est un cauchemar, un simple cauchemar... J'essaie de m'en persuader, en vain, la souffrance est trop vive pour être irréelle. Je suis au supplice et l'image comblée de mon enfant me détruit un peu plus chaque seconde.

— Ouah !!! Regarde comme c'est joli ! C'est tout chaud...

Il plonge ses mains en moi, l'horreur de ses gestes, la monstruosité de son air réjoui... C'est presque pire à supporter que le mal qui me ronge de l'intérieur. Mon âme ne peut supporter tant d'effroi, mais l'envoûtement du félin reste trop puissant, je ne peux que subir et attendre que la mort vienne me cueillir. Ses doigts maladroits me fouillent encore. Le temps s'étire et la torture semble durer une éternité avant que mon enfant ne porte ses minuscules menottes à ses lèvres.

— Mmmm, c'est bon. Tu veux goûter, Angel ?

La courte langue râpeuse se délecte à son tour. Ma tête tourne de plus en plus tandis que mes viscères s'étalent sur le lit, je baigne dans mon propre sang. Le martyre est indicible, cependant la fin — seul espoir permis en cet instant — me semble enfin proche.

Comme un dernier affront, le visage narquois de Jules apparaît.

Tu croyais vraiment t'en tirer comme ça ? Tu es pitoyable ! Je suis bien le seul à vouloir de toi. Tu aurais mieux fait de rester...

Pluie d'été

Première parution :

Anthologie *Jour de pluie*

Association des Auteurs Indépendants du Grand Ouest

DOUZE juillet, la pluie tombe à verse depuis deux jours déjà. Le jardin détrempé ne parvient plus à boire ce trop-plein de déprime. Le front appuyé contre la baie vitrée, Mathieu observe les flots incessants. Les vacances commencent si mal. Entre maman partie loin pour son nouveau chantier, Nathalie enfermée dans sa chambre depuis que son petit copain l'a plaquée et cette météo digne d'un mois de novembre... Tout est morose, à l'image de l'humeur du petit garçon. Cela faisait des semaines qu'il attendait la fin de l'école et voilà qu'il s'ennuie déjà.

— Papa, je sais pas quoi faire !

— Tu veux préparer les confitures avec moi ? Il y a les cassis et les groseilles à trier.

— Pfff...

De mauvaise grâce, Mathieu se lève et rejoint son père dans la cuisine. Il faut enlever les feuilles, les tiges. Ça occupe les mains, mais pas l'esprit. Ce dernier vagabonde, comme à son habitude. Il saute de fruit en fruit, de brindille en brindille. Il s'égare un instant dans le ciel, revient galoper avec une petite fourmi perdue sur la table en bois de chêne.

— Papa, j'ai envie de pain d'épice...

— Du pain d'épice ?

Monsieur Laisnée suspend son geste, la moulinette cesse un instant d'écraser les baies.

— Comme à Noël ?

— Oh oui, c'est dans trop longtemps Noël...

Le mouvement circulaire reprend.

— Lave-toi les mains et va chercher le livre de cuisine. On va regarder s'il nous manque des ingrédients.

Un sourire apparaît enfin sur le visage du petit garçon. Il s'empresse de s'exécuter. Quand il pose le gros livre, deux minutes plus tard, quelques feuilles volantes s'en échappent. Il les rattrape en riant et les replace entre la couverture et la première page. Madame Laisnée aime collecter des recettes qu'elle ne réalisera jamais : écrites à la hâte sur un bout de papier, déchirées dans un magazine féminin périmé... Elles s'entassent, attendant un peu probable jour miraculeux où elles pourront régaler les papilles de la famille.

Très sérieux, Mathieu a déjà trouvé l'index. Son doigt court sur le papier taché d'huile et autres éclaboussures culinaires.

— Le voilà ! Page deux cent dix-sept ! Alors... De la farine, du miel, du sucre, de la crème, de la levure, du sucre vanillé et du quatre épices.

— Je ne sais pas s'il nous reste des épices. Pour le reste, c'est tout bon !

D'un bond, l'enfant est déjà au placard à condiments.

Avec une mine déçue, il se tourne vers son père.

— J'en trouve pas.

— Va prendre un billet de cinquante francs dans mon portemonnaie, et cours à l'épicerie pendant que je termine avec les cassis.

Fou de joie, Mathieu s'exécute. Il glisse l'argent dans la poche de son pantalon, enfile un k-way, une paire de chaussures, et sort dans la rue.

Les trottoirs sont désertés. Sur leur passage, les voitures projettent des gerbes d'eau et nul arc-en-ciel ne s'y reflète. Le soleil aussi semble en vacances... Mais le petit garçon ne s'en soucie plus, il a retrouvé l'enthousiasme de sa jeunesse. Prudent malgré tout, il sautille de flaque en flaque en direction de la supérette.

Dans le magasin, les adultes se pressent entre les gondoles sans s'accorder le moindre regard. Chacun perdu dans ses problèmes, sûrement. Mathieu est comme une tache de couleur au centre d'un vieux film monochrome. Sur son passage, la caissière arque un sourcil agacé. Il ne va quand même pas venir mettre le bazar, ce gamin ?!

Il ne faut pas longtemps au garçon pour trouver son bonheur. Quelques échanges de monnaie plus tard, il est à nouveau dehors, la tête bien cachée sous sa capuche à cordon. Le bout du nez reçoit les gouttes fraîches qui chatouillent ses narines en glissant le long de sa peau. Il pleut, mais qu'importe maintenant ?

Quand il rentre dans la maison, l'odeur de la confiture en train de cuire l'assaille et vient mettre l'eau à sa bouche.

Il dépose dans l'entrée ses affaires trempées et retourne à la cuisine avec son trophée.

— Super !, s'exclame son père avec des yeux pétillants de malice. On va pouvoir la jouer, notre journée de Noël, maintenant !

— Noël pour de vrai ?

— Et pourquoi pas ? Va demander à Nathalie de monter au grenier chercher le sapin et le carton de décorations.

Mathieu n'en revient pas. C'est complètement fou de préparer Noël en plein mois de juillet ! Puisque papa a dit « pourquoi pas », il n'y a aucune raison de ne pas en profiter. Il grimpe quatre à quatre l'escalier en quart tournant et s'arrête, le souffle court, devant la porte de la chambre de sa sœur. Un poster de groupe de métal est punaisé sur le papier peint fleuri. Le panneau de bois ne parvient pas à étouffer la musique qui s'élève, un peu fort, dans la pièce. Mathieu frappe trois coups secs, assez vigoureux pour couvrir la rengaine, mais pas trop pour ne pas s'attirer les foudres de son aînée. Un grommellement accueille son geste. Il ouvre avec un semblant d'hésitation.

— Nathalie, papa voudrait que tu ailles chercher le sapin et les guirlandes.

— Le sapin et les guirlandes ? Il est malade ou quoi ? Qu'est-ce qu'il veut foutre avec ça ?

— Il veut jouer à Noël.

— C'est du grand n'importe quoi.

Pourtant, elle se lève du lit où elle était avachie, enfile une paire de chaussons à tête de chats et se dirige vers la trappe du grenier. Avec un bruit de ressort sinistre, l'escalier escamotable apparaît et une odeur de renfermé s'échappe de l'ouverture sombre. La jeune fille déploie les marches en bois et se hisse dans les combles.

Quand elle en redescend à peine cinq minutes plus tard, quelques toiles d'araignée accrochées dans les cheveux, elle porte sous chaque bras un carton. L'un, tout en longueur, contient le sapin artificiel acheté en décembre dernier. C'est madame Laisnée qui a tenu à troquer le sapin véritable contre un simili. Les épines à balayer tous les jours, bien peu pour elle ! Alors toute la famille s'est rangée à son avis, pour ne pas la contrarier. Mathieu regrette l'odeur de résine, bien sûr, mais il ne le dira jamais à voix haute. Le second carton, malgré son volume, est léger comme une plume : guirlandes et boules colorées en quantité. Le petit garçon sent l'excitation monter d'un cran à sa vue.

Sa sœur sur les talons, il retourne finalement dans la cuisine pour avertir son père.

— On a tout Papa !

— Parfait, les enfants. Je vais déplacer la huche pour que vous puissiez monter le sapin.

Il termine le brin de vaisselle en sifflotant, essuie consciencieusement ses mains puis passe dans le salon.

— Et voilà ! À vous de jouer maintenant.

— C'est vraiment n'importe quoi, répète Nathalie en secouant la tête.

Pourtant, elle déploie déjà les branches en plastique, s'empare du pied... Bref, elle prépare ce Noël d'été, elle aussi. Peu à peu, la moue qui semblait ne plus pouvoir la quitter disparaît. Son œil se met à briller, la magie envahit chacune de ses cellules.

— Après, j'aurai besoin d'aide pour le pain d'épice, mais prenez le temps de bien décorer la maison.

Il se dirige vers la chaîne hifi, furète quelques instants dans les CD avant d'en sélectionner un.

— Il faut se mettre dans l'ambiance jusqu'au bout, glisse-t-il avec un sourire amusé. Ça manque de neige, mais pour le reste, on aura tout ou presque !

Les premières notes de *Jingle Bells* s'élèvent dans la pièce. Mathieu et Nathalie échangent un regard complice et éclatent de rire. Ce père, décidément !

Bientôt, plus un recoin de la maison n'échappe aux couleurs brillantes des guirlandes. Le stock entier est disséminé de droite et de gauche ; plus ou moins élégamment, il faut l'avouer.

— Je vais préparer des origamis pendant que tu cuisines avec Papa. Ça fera des petits cadeaux à glisser dans nos souliers.

Peser, mélanger, lécher les doigts... Quel bonheur de préparer ce pain d'épices. Mathieu n'avait encore jamais pris tant de plaisir dans chaque geste.

Cette journée est comme hors du temps : elle passe en un souffle, pourtant il se sent présent et chaque seconde devient éternité.

— Parfait, ça va être dur d'attendre demain pour le manger ! Maintenant, passons au dîner du réveillon ! Qu'allons-nous bien pouvoir inventer ?

Monsieur Laisnée ouvre le placard à conserves, il fouille dans l'empilement de boîtes. Il y a là de quoi tenir un siège !

— Je crois que nous allons trouver notre bonheur : des châtaignes ! Reste à voir ce que nous réserve le congélateur...

Deux heures plus tard, la vieille cocotte en fonte a repris du service et le dîner mijote sur le gaz.

Papa et Mathieu se sont attaqués à la vaisselle en chantant. Nathalie est venue s'installer près d'eux et prépare des poèmes pour chaque membre de la famille.

— On pourra préparer de la pâte à sel pour que je fasse des cadeaux moi aussi, réclame le garçon tout en essuyant un saladier.

— C'est une excellente idée !

Le bonheur est palpable dans cette cuisine. Quoi qu'en dise le calendrier, c'est bel et bien Noël aujourd'hui.

Les essuie-glaces sont à fond sans parvenir à améliorer la visibilité. C'est à peine s'il est possible de distinguer les véhicules qui la croisent. La fatigue est telle après ces semaines passées sur le chantier du sud... Madame Laisnée a hâte de retrouver le cocon familial. Elle a réussi à terminer son travail une journée plus tôt que prévu. Dans à peine une heure, elle sera à la maison. Imaginer le bonheur des enfants l'aide à tenir, à garder les yeux ouverts.

Une émission culturelle résonne dans l'habitacle, mais ne parvient pas à capter son attention. Elle pense déjà au prochain viaduc, aux contraintes liées au terrain. Elle a décroché un beau contrat et l'étude s'annonce passionnante. Il faudra encore passer de nombreux jours loin des siens, assurément. L'excitation intellectuelle qui en résulte n'a pas de prix. Moucher tous ces hommes, prouver une fois de plus ses compétences, toute femme qu'elle soit...

Ses pensées l'entraînent dans un tourbillon. Elle est partout et nulle part en même temps. Le paysage pluvieux qui défile disparaît alentour. La conduite se poursuit, automatique, nourrie de toutes ses années de pratique.

Lorsqu'enfin apparaît le panneau de sa ville, madame Laisnée semble sortir du sommeil. La voici enfin ! Avec soulagement, elle se gare juste devant la maison, enfile son imperméable et ouvre la portière.

Une pluie diluvienne l'accueille. Le temps de récupérer sa valise dans le coffre et de rejoindre le perron, elle est déjà trempée jusqu'aux os. Sans plus attendre, elle s'engouffre dans le hall. Aussitôt, ses narines sont assaillies par une multitude d'odeurs délicieuses. Elle s'étonne de découvrir un petit bonhomme de neige accroché à la clé de la penderie ainsi qu'une guirlande dorée.

Dans le couloir aussi, tout est décoré. Un coup d'œil au salon et elle découvre un sapin clignotant avec l'impression d'être tombée dans une faille temporelle.

Dans la cuisine, elle perçoit trois rires. Elle sent son cœur se gonfler d'allégresse. Son mari, son cher Marc, il n'y a que lui pour avoir de telles idées ! Elle aime chez lui cette douce folie. Elle pousse la porte et une simple phrase l'accueille, porteuse de tant de tendresse...

— Oh, les enfants, regardez ! Voici votre cadeau de Noël !

L'été de mes huit ans, mon père est mort.

Rupture d'anévrisme.

Le truc impossible à prévoir, si soudain...

Inacceptable.

Ce même été, mon père m'a offert la plus belle leçon de vie.

Une leçon que je n'ai jamais oubliée.

Je sais depuis qu'il ne tient qu'à nous de faire de chaque jour Noël.

La magie est en moi, en nous, à jamais.

La Roche des païens

Première parution :

L'Indé Panda N°5

— ÇA Y EST, la vieille est morte. L'était temps, pense l'ancêtre.

Il a lâché quelques larmes malgré tout. La peur de ne pas gérer le quotidien, sûrement. S'occuper des repas et tenir la maison, ça a toujours été son rôle à elle.

— Qu'est-ce qu'elle était casse-couilles, la vieille !, se dit l'homme.

Il faut dire qu'il ne l'avait jamais aimée, cette femme-là, pas plus qu'une autre d'ailleurs.

— L'avait fallu qu'elle tombe enceinte dès l'premier coup de queue, rage encore le patriarche.

À l'époque, on ne rigolait pas avec ça, pas de loi Veil, pas de pilule du lendemain. Quelques minutes de plaisir, soixante et onze ans de bagne... Quatre gosses à la clé en prime.

La maison est calme. Même le yorkshire obèse ne bronche pas. Il est couché auprès du poêle, enroulé sur lui-même, les flammes lancent sur lui leurs éclairs mouvants.

— Quel crétin, ce chien !, raille le maître, encore une lubie d'la vieille.

Les mioches lui manquaient... Il faut dire qu'ils ne rendaient plus visite à leurs parents depuis bien longtemps déjà. Trop de rancœur, trop de souffrances, trop de mots lâchés dans la colère, trop de coups et de lanières de cuir sur le dos...

— Paraît que j'suis qu'un con. Jamais réussi à les dresser, ces p'tits merdeux, se désole le père.

En fond sonore, la télé débite son lot de discours prémâchés et stéréotypés. Il s'emmerde, le vieux, seul comme il est, comme il a toujours été, malgré tout.

Dehors, le temps n'est pas au beau. Un vent à décorner les bœufs rugit depuis des heures. Tant pis, il a besoin de prendre l'air, le délaissé.

Ses genoux craquent et ses chevilles protestent quand il se lève de son fauteuil avachi. Il enfile une paire de bottes, un manteau, une casquette d'époque et se glisse vers la porte-fenêtre.

Le voyant prêt à sortir, le clébard soulève vaguement le nez puis le repose. Il hausse les épaules, l'octogénaire, tant pis.

Sa maison, trop grande maintenant, borde un sentier pédestre. Le chemin empierré traverse une ferme, sa ferme, avant de s'enfoncer dans les bois. L'agriculteur qui a repris l'exploitation est à la traite. Il entend le bruit des machines, le vieil homme.

— Sur quatre rej'tons, pas un pour reprendre le flambeau, se désole le retraité. Fallait faire des études !

Un architecte, une infirmière, un prof et même une notaire. Pas un pour comprendre l'amour de la terre et des bêtes. Voir ses veaux manger et grossir, tâter la mamelle gonflée de lait, labourer ses champs, plonger ses socs au plus profond...

— De nos jours, les jeunes s'donnent même plus la peine de r'tourner leurs sols, se désespère le paysan.

Au journal télé, ils parlent des méfaits des engrais chimiques, des conséquences des pesticides sur la santé. À les écouter, le diable lui-même sommeille dans les phytosanitaires. Il en a épandu toute sa carrière, le chimiste de la terre, il est encore frais pour son âge. Vaguement, quelques images de ses copains lui viennent en mémoire.

— Le Parkinson a pas mal sévi, il se dit. Mais il efface tout ça d'un mouvement de tête. Faut arrêter de voir des liens où y'en a pas, quand même.

Un peu plus loin, le passage devient boueux, glissant même. Il a tant plu ces derniers jours.

— Il manquerait plus que j'me casse la binette, s'inquiète le marcheur.

À son âge, il sait que ça ne pardonnerait pas.

— Si j'peux plus bouiner, j'vais crever d'ennui, se tracasse encore le bricoleur.

Il se dit qu'il aurait peut-être dû accepter la canne proposée par le médecin, le fier. Mais il ne l'aime pas cette femme, il évite ses conseils comme la peste, par pur esprit de contradiction. Il ne supporte pas les gens qui ont étudié, le cancre, il les trouve arrogants, méprisants.

Il arrive à une intersection et emprunte la voie de gauche, à travers les bois. Ça grimpe, c'est raide pour ses jambes fatiguées, mais le terrain est moins accidenté qu'à droite et puis il n'a pas réfléchi, comme si le chemin avait choisi pour lui. Après un bon kilomètre, il bifurque vers une clairière, la clairière, sa clairière. Il en a passé de bons moments là-bas.

— Elle avait pas inventé le fil à couper le beurre, la p'tite Marie, mais elle était pas sauvage…, se souvient notamment le batifoleur.

Les ronces ont poussé, à croire que plus personne ne profite de ce lieu de nos jours.

— Ils savent pas c'qu'ils ratent, se dépite le chanceux.

À moins dix sur le cadran de la trouée, le gros rocher est toujours là. Une mousse épaisse le recouvre désormais. Malgré l'humidité, il a une brusque envie de s'y adosser à nouveau, le nostalgique.

Il songe aux histoires que racontaient les vieux d'autrefois. Ceux qui l'étaient avant lui. Il imagine les païens dresser ce granit taillé. Il les devine les soirs de pleine lune, entonnant des chants sataniques. Il n'avait jamais eu envie de croire à ces conneries, le sceptique. Pourtant, comme le soleil darde des rayons malsains entre les nuages lourds, il frissonne. Il incrimine le froid ambiant, le lâche. Il s'inquiète faussement à l'idée d'attraper un rhume.

— La crève, c'est violent à mon âge, s'alarme le dolent.

Elle a beau jeu, la maladie, bannière acceptable qui cache toutes les peurs enfouies. Parce qu'il a peur, le poltron. Il meurt chaque jour un peu plus de cette trouille qui le dévore. Sait-il encore pourquoi il s'épouvante ainsi, le craintif ? Se souvient-il seulement ?

Le soleil estival réchauffe leurs corps nus enlacés. Ils sont jeunes, si jeunes. Elle est belle, la Marie, pas comme sa Thérèse. Encore une fois, la clairière a été témoin de leurs ébats amoureux. Est-ce qu'il l'aime, la Marie ? Peut-être un peu ? Elle est un brin folle, insouciante, et surtout, si naïve et douce... Un nuage filtre un instant les rayons de l'astre diurne. Elle frissonne. Il sent sous sa main la peau qui se crispe légèrement. Un doute étreint son cœur l'espace d'une seconde. Le vent s'est levé, porteur d'une atmosphère lourde, inquiétante. Comme pour souligner son pressentiment, un grondement sourd s'élève. La jeune femme se redresse, inquiète. Sa poitrine ferme et haute se soulève un peu trop rapidement, son souffle est court, haletant. Rien à voir avec leur performance sexuelle pourtant. Ses yeux bleus, d'habitude si rêveurs, sont emplis de peur, son regard est fixé sur un point invisible derrière lui. Il se retourne, son coude posé sur l'herbe tendre de la trouée.

Un homme, presque un adolescent, est là, assis sur le rocher, l'air faussement détaché. Il tient contre lui le vieux fusil de chasse du père. Son regard perdu est celui d'un dément. Jamais encore il ne l'avait vu ainsi, son jeune frère. Il semble détailler la scène, comme pour la mémoriser à jamais. Sa fiancée, sa douce Marie, se pressant nue contre son idole, contre cet aîné qu'il aime tant. Celui qu'il suit depuis l'enfance, avec la fidélité d'un chien, sur les chemins de terre de l'école buissonnière...

La jeune fille, oubliant sa nudité, se lève et court implorer le pardon de son futur époux. Il l'arrête d'un geste aussi vif que celui d'une vipère. Ses doigts se referment sur son cou gracile. Il serre, encore et encore. Il se lève pour s'ancrer au sol et gagner en force. Elle se débat entre ses mains. Il bascule son corps contre le rocher des païens et il serre, encore et toujours. Elle cherche l'air, ses mains griffent les bras de son agresseur, en vain.

Au centre de la clairière, le premier-né est figé. Il observe la scène comme s'il s'agissait d'un film. Une étrange fascination monte en lui. Il sent son sexe se durcir à la vue des yeux révulsés de la jeune femme. Quand, enfin, les soubresauts cessent et que le corps juvénile retombe inerte, il jouit. Un vague sentiment de honte point, mais il n'a pas le temps de le goûter plus. Devant lui, son cadet a repris le fusil lâché plus tôt. D'un geste lent, il place le canon dans sa propre bouche et presse la détente. Le corps de Marie, la roche, les herbes alentour reçoivent aussitôt une pluie de mort. Il a envie de hurler, l'homme nu, mais son cri reste coincé au creux de sa gorge. Son âme, elle, se liquéfie, elle brûle et se tord. Figé, il est témoin de l'étrange lumière qui émane alors de la pierre granitique. Une aura verte qui scintille et gonfle. Elle englobe peu à peu les deux cadavres, les enveloppe telle une cape. Ils semblent maintenant couverts d'une fine pellicule, une sorte de poussière de fée. L'émanation chatoyante glisse ensuite vers l'homme nu. Devant lui, elle se densifie, laissant place à une silhouette humanoïde.

— Tu as réveillé le menhir de Sougâs, mortel, le sort en est jeté. J'accepte tes offrandes et lie ton âme à la pierre.

Le jeune paysan ne comprend rien. Tandis que la créature parle, une peur animale l'étreint. Elle agite des mains vaporeuses terminées de longues griffes acérées et récite quelques paroles dans une langue inconnue. Elle marque une courte pause avant de poursuivre en français d'un ton légèrement agacé :

— Ton vœu maintenant, mortel, j'attends !

Il bredouille, il bégaie, c'est son petit frère en vie qu'il veut. En vie et sans souvenir de l'incident ni de la Marie. Que la Marie s'efface en chaque mémoire même... Nulle autre volonté !

La bête est en colère, elle fulmine. Réclamer son offrande ! De quel droit ? Soit ! Elle accepte cette résurrection, mais l'exaucé devra désormais payer un tribut, chaque été, jusqu'à son propre décès.

Chaque année sans faute, ou...

La première fois a été si simple. La chance lui souriait. Une naissance rapide, sans matrone, un mort-né difforme. Honte sur eux, le mauvais sort dans leur chaumière. Un petit corps encore chaud à camoufler, à cacher loin du regard médisant des voisins.

La créature a reniflé, mais accepté le présent.

L'année d'après, une vache est tombée malade. Il s'est réjoui et l'a tirée jusqu'à la clairière. Le sang a giclé sur le rocher lorsqu'il a tranché la jugulaire. Facile, sans culpabilité. Une simple bête, malade de surcroît. Il ne perdait rien !

La créature n'a pas aimé...

La fois suivante, il a épié des vacanciers. L'adolescente avait seize ans, tout au plus. Ses longs cheveux bouclés, blond vénitien, ondulaient à chacun de ses pas. Ses seins naissants pointaient fièrement sous son chemisier fleuri. Elle était parfaite. L'approcher fut aisé. L'emmener en balade, un jeu d'enfant. À mesure qu'ils avançaient vers la clairière, l'excitation ressentie lors de la mort de la Marie revenait. Il s'imaginait déjà poser ses mains sur le cou délicat, comme l'avait fait son frère autrefois.

Elle a sursauté quand il l'a poussée contre le menhir puis hurlé quand il a cherché à l'étrangler. Elle avait plus de force qu'il ne le pensait. Elle courait vite aussi, sur ses longues jambes fines. Il a dû s'élancer et plonger pour réussir à la rattraper, in extremis, par une cheville. Elle est tombée dans un râle. La jupe retroussée révélait le haut des cuisses. Le désir a ressurgi avec une force implacable. Le regard terrifié, les cris désespérés, la bouche qui se tordait de douleur... Il a joui vite, trop vite. Il se sentait floué. Il l'a tirée par les cheveux, ces beaux cheveux cuivrés qui avaient si bien su retenir son attention. Il l'a tirée jusqu'à la roche des païens. De sa main libre, il a saisi son couteau et, comme pour la vache, il a tranché, sans peur, ni remord.

La créature a adoré.

Lui aussi.

Alors, il a poursuivi, chaque année, avec un plaisir sans cesse renouvelé.

Pourtant, malgré le contrat, il est mort, le frère. Fauché à quarante ans à peine par un chauffard alors qu'il pédalait sur la nationale. Pas de seconde chance, cette fois.

Rage, incompréhension, vindicte.

Ce frère pour lequel il avait tant donné.

Cette personne si rare, si précieuse, seule capable de l'aimer. Seule capable de comprendre, de compatir. Le seul ayant vécu, lui aussi, avec le père. Avec le père et sa bouteille. Avec le père et son fouet. Avec le père et ses désirs inavouables...

La créature pouvait toujours attendre, elle n'aurait plus son sang frais.

Au fil des ans, il a oublié, l'homme, ce pacte immuable. Quant au besoin de pouvoir, il a continué à le cultiver, pour chaque anniversaire. Déjouant la police de plus en plus compétente en frappant de gauche et de droite. Qui remarquerait la présence d'un père de famille puis d'un retraité sur le lieu de chaque disparition. Tantôt en Picardie, l'année suivante en Ardèche... Car il a voyagé, le paysan, pour assouvir ses appétits morbides.

Avec l'âge, c'est devenu d'autant plus aisé. Qui se méfie d'un vieillard ?

Cet été pourtant, il a dû renoncer pour la première fois à cette jouissance malsaine, trop compliquée à satisfaire avec la Thérèse affaiblie à seconder.

Pourquoi est-il revenu dans cette clairière aujourd'hui, le parjure ? Ses jambes ont suivi seules le sentier. Tandis qu'il observe le rocher des païens, la mémoire lui revient. La peur emplit son corps, elle croît jusqu'à devenir effroi. Est-ce un délire de dément ou la vérité ? A-t-il réellement vendu son âme ici autrefois ?

Il sait qu'il n'a plus le choix, le tueur, la créature réclame son dû maintenant. Il y a trop longtemps qu'il n'a pas honoré sa part du marché. Trop longtemps qu'il n'a pas restitué à la roche les esprits capturés.

Une dernière fois, il marche, le maudit, en direction du menhir. Ses membres tremblent, ses articulations craquent. Il s'agenouille, contre son gré.

Il a pris le couteau à sa ceinture, le boucher, ce couteau qui a ôté la vie à tant de jeunettes.

Et tandis qu'une lumière blafarde illumine le granit, il tranche une dernière jugulaire. Sa jugulaire. Un sang chaud inonde le monument des païens. Le sang d'un vieillard, le sang d'un renégat, le sang d'un meurtrier.

Alors que le corps retombe sans vie, l'âme s'enfonce entre les cristaux. Elle plonge vers les enfers d'un autre monde, emportant avec elle les sacrifiées d'un été. Elle hurle, elle se distord. Elle s'acquitte de sa dette, avec les intérêts.

Enfin, il paye, l'assassin.

Le Plus beau métier du monde

Première parution :

L'Indé Panda N°3

L ORSQU'ELLE pousse la porte de la salle d'attente avec un soupir de désespoir et pénètre dans la pièce baignée de lumière, ma respiration marque un temps d'arrêt. Elle est en avance. Jeune aussi, une petite vingtaine d'années seulement. Ses cheveux longs et châtains ondulent délicatement autour d'un visage étroit. Sa peau pâle est marquée de quelques taches de rousseur discrètes. Ses joues sont un peu creuses, son nez légèrement long, mais droit. De fines lèvres ourlent une dentition parfaite. Derrière les cils noircis par un maquillage léger, se cachent deux yeux aux iris vert émeraude. Un bijou.

Un bijou ébréché, brisé, cassé.

— Mademoiselle Aimé, dis-je en tendant la main et le cœur dans un même élan. Venez dans mon bureau, asseyez-vous, je vous en prie.

Elle s'installe, mal à l'aise, tirant sur son chemisier rouge grenat. Je prends place face à elle. J'ai subitement chaud sous la blouse blanche que j'ai omis d'enlever. Je perds mes moyens, je reste silencieux un instant. J'ai besoin de retrouver mon calme, de me reconnecter à moi-même puis à mon rôle. Je repense au premier rendez-vous de la journée...

Monsieur Dubreuil, soixante-dix-huit ans, pantalon de velours côtelé moutarde, chemise bleu roi sous un pull tricoté en laine noire. Le cheveu encore dru et le nez rond. Le regard vif malgré la situation difficile, le maintien digne. Un homme comme je les admire, si fier, majestueux presque. Il venait pour Lucette, sa femme. Je l'ai écouté longuement, sans chercher à l'interrompre. Quand il s'est tu, j'ai posé avec tendresse ma paume sur ses doigts déformés par l'arthrose. D'une voix douce, je lui ai dit que tout se passerait bien, je l'ai rassuré autant que possible. Sa chère et tendre était entre de bonnes mains, il pouvait rentrer serein, dormir paisiblement. Dans ses yeux tristes se lisait un sincère soulagement. J'avais gagné, devoir accompli.

C'était facile, cet échange avec le vieil homme. Je n'étais pas troublé par le mouvement de sa poitrine tandis qu'il se confiait.

Maintenant, mon regard est captivé par le bouton nacré qui se soulève et s'abaisse à chaque mouvement respiratoire. Je dois reprendre mes esprits. C'est la première fois de ma carrière que je me laisse déborder par un proche. Ce n'est pourtant pas le moment de flancher, cette jeune femme a besoin de moi. Cette étape est porteuse de tant d'inquiétudes. Mon rôle est de l'accompagner de toute mon empathie.

— Mon papa, ose-t-elle finalement, comment est-il ? Puis-je le voir ?

Mon sourire se veut rassurant.

— Il se trouve dans une chambre juste à côté, les visites seront possibles dans une vingtaine de minutes. Mon assistante s'occupe de lui pour le moment.

Elle lâche un pleur un peu plus sonore que les autres, s'excuse, fond en larmes pour de bon... D'un geste souple, je lui tends la boîte de mouchoirs. Elle est presque vide, il faudra que je pense à la remplir avant le prochain entretien. Le budget Kleenex, quel gouffre !

Je la laisse évacuer toute son émotion. Avec le temps, j'ai appris qu'il était inutile d'expliquer quoi que ce soit pendant cette phase. Quand la tristesse et la peur sont à leur apogée, le cerveau se brouille. La plus intelligente des personnes devient incapable d'écouter, de comprendre et de faire un choix éclairé. Certes, c'est moi qui oriente les décisions, mais je veux laisser à chacun la possibilité d'être acteur. Avoir la sensation de maîtriser le destin, c'est capital dans une période si délicate.

Discrètement, du moins je l'espère, je profite de cet instant de grâce pour m'emplir de sa présence. Je me prends à rêver d'une rencontre fortuite... Cela se passerait au parc, je la croiserais sur le pont qui mène à l'îlot des cygnes. Elle se retournerait à mon passage, le visage ému. J'oserais lui proposer de prendre un verre. Elle me raconterait sa vie. Elle est étudiante encore, j'imagine. Dans le droit, cela collerait bien avec la jupe tailleur qu'elle porte aujourd'hui. Un master en droit civil. Cela lui irait comme un gant.

Je me perds en conjectures en même temps que dans sa chevelure... Je rêve d'y glisser les doigts, de humer le parfum délicat que je devine émaner de son cou gracile.

— C'est pour vendredi, alors ?, lâche-t-elle finalement, les yeux embués, brisant l'instant magique.

Je retombe sur terre en une fraction de seconde. Ma mission, ma belle mission...

— Vendredi matin, confirmé-je. Cela commencera à neuf heures. Il faudra compter cinq bonnes heures en tout.

— Tant que ça ?, s'étonne-t-elle.

Cela surprend toujours un peu. Je prends mon temps, toujours, comme pour mes entrevues, je suis un fignoleur, un perfectionniste.

Un chieur, disait ma mère. Paix à son âme. Elle n'avait pas vraiment tort.

En maternelle, je piquais des colères dès que l'on dérangeait mes affaires. Dans ma chambre, mes jouets s'organisaient sur les meubles. Figurines avec figurines, cubes avec cubes, livres avec livres... Mes alignements suivaient un ordre préétabli et gare à mon frère s'il venait intervertir une seule paire d'éléments !

En primaire, j'ai commencé à me nettoyer un peu trop fréquemment. Au collège, j'usais des litres d'alcool à 90 °C pour venir à bout des microbes que j'imaginais pulluler sur ma peau. Au lycée, j'étais devenu le type bizarre, celui que personne n'ose aborder, mais dont tout le monde se moque ouvertement.

Pourtant, ce côté anxieux n'était pas à cent pour cent négatif. Du moins tentais-je de m'en convaincre alors... J'étais également très appliqué dans mes devoirs scolaires. Quitte à y passer mes soirées et mes week-ends, je travaillais jusqu'à obtenir les meilleures notes. Tout naturellement, je suis entré en médecine. Apprendre par cœur. Maintenir les corps en bon état de marche, les nettoyer de leurs impuretés... Une voie toute tracée pour moi. Mais c'était facile, trop facile. Insatisfaisant même. J'avais besoin d'un contact différent de celui que l'on m'enseignait. J'ai fini par le trouver. Maintenant, j'exerce le plus beau métier du monde.

J'ai découvert que j'étais doué d'une empathie salvatrice. Je suis devenu celui que l'on conseille. Celui qui réconforte dans les moments difficiles. Une pointure dans mon domaine !

Ces pensées me rechargent. Me voici à nouveau moi-même. Avec habileté, je présente à la jeune femme le champ des possibilités pour son père. Ma voix, mon attitude, tout sonne juste.

Bonté, compréhension, conseil. Elle s'anime, reprend des couleurs, sourit.

— Je veux quelque chose de simple et solennel à la fois !

Ça y est, je l'ai cernée, je sais précisément comment orienter mes propositions. La suite coule de source.

Qu'elle est belle, nimbée de détresse et d'espoir quand elle parle de son père, de ce dernier voyage.

Je me sens à ma place, si fier d'avoir su guider cette âme sur le chemin de l'apaisement, si fier d'imaginer le corps de ce père magnifié par mes soins. J'exerce le plus beau métier du monde, j'accompagne les morts et les vivants, je suis un phare sur l'Achéron et le Cocyte, je suis thanatopracteur.

Le Dôme

Première parution :

Anthologie *La Caresse (indécente) d'une plume*

Association des Plumes Indépendantes

I L Y A le ciel au-dessus de nos têtes.

Il y a les étoiles qui brillent par milliers.

Il y a le ciel, les étoiles et, en dessous, il y a nous. Nous, et eux. Eux par milliers, eux qui grincent, raclent, éructent. Le quadruple vitrage de notre minuscule dôme atténue à peine leur fourmillement. Ils se pressent et se poussent. Leurs silhouettes s'emmêlent dans une danse lascive. Ils pourraient presque être beaux si leurs yeux ne nous fixaient pas avec autant de convoitise.

Comme je me sens petite dans notre igloo vitré, ma main tremble dans la sienne. Je n'ose plus la regarder. Nous savons toutes deux qu'il est trop tard. Reculer est impossible. Notre destin est scellé.

— C'est un bel endroit, qu'elle me dit en serrant davantage ses doigts autour des miens.

— Oui, je réponds dans un souffle.

— Une nuit insolite sous la voûte stellaire, ajoute-t-elle en parodiant une publicité.

— Quel romantisme !

Elle force mon visage à se tourner vers le sien, à lâcher ceux qui sont au-delà des parois.

— Tout va bien, nous sommes ensemble et c'est ce qui compte.

— Oui.

La lune descendante nous éclaire. Je me surprends à détailler ses traits, ses pommettes hautes et rondes, son nez court légèrement épaté, ses lèvres charnues, son menton volontaire. Elle est si belle. Je ne peux l'imaginer laissée en pâture à ceux du dehors. Ma gorge se serre, le dégoût m'emplit. La crainte, aussi.

— Allons mon elfine, souris donc un peu. Tu m'as suivie jusqu'ici, tu m'as fait confiance, n'est-ce pas ? Abandonne-toi, maintenant. Tout ira bien. Ce n'est qu'un moment à passer. Un tout petit moment...

Ses dents apparaissent, perles nacrées au cœur d'un océan sombre ; ses yeux se parent d'une lueur narquoise. Elle m'a si souvent entraînée dans ses aventures incroyables et j'ai tellement aimé la suivre. Aveuglément sûrement. C'est l'amour, le vrai, l'inégalable, celui qui vous cueille et vous emporte sans ménagement aucun. Elle est un cyclone, mon willy-willy venu d'Australie.

— Embrasse-moi !

Sa voix rauque éveille en moi mille et un souvenirs. Comme toujours, je cède. Je me penche légèrement et dépose mes lèvres sur les siennes. C'est fugace, je ne saurais lui accorder davantage en cette seconde. La gêne est trop présente. Cette bulle transparente est trop étroite et ces gens qui nous épient, trop nombreux. Je me sens vulnérable, la peur m'étreint.

— Je suis sûre que tu peux mieux faire, raille-t-elle. Ce lit est une invitation, n'est-ce pas ?

— Un lit… C'est bien trop cliché, Mia.

Un rire sans joie me secoue brièvement avant de retomber tel un mauvais soufflé.

Elle est nulle, cette blague. Comment puis-je essayer de plaisanter en un pareil instant ?

— Encore, me supplie-t-elle. Embrasse-moi encore. Je veux savourer tes baisers et ils n'attendent que ça.

— Ils attendent plus, bien plus…

— Je sais, mais embrasse-moi, pour commencer.

À nouveau, je viens la goûter.

— Je t'aime.

Mes baisers légers ponctuent chacun de mes mots et je répète cette phrase à l'infini. Sa langue, plus audacieuse, pousse la barrière de mes dents et me contraint au silence. Je ferme les yeux pour échapper au spectacle des autres, pourtant leurs appels continuent de m'envahir. Je dois les effacer, je peux décider de les ignorer. J'ai cette force en moi, pour elle.

La main de Mia glisse tendrement le long de ma joue, s'attarde sur mon menton, dessine quelques arabesques au creux de mon cou.

Un frisson me parcourt et soudain, ils disparaissent, les autres. Il n'y a plus que nous, elle et moi, dans ce dôme diaphane perdu au milieu de la forêt.

Ma bouche s'enhardit, je prends ses lèvres entre mes incisives. Elle pousse un petit cri de surprise et de satisfaction mêlées. Mon cœur sursaute, s'épanouit et l'enlace. Chairs et âmes mêlées...

Mes paupières s'ouvrent, je veux la voir, m'emplir de ses formes, de sa peau couleur chocolat.

Un premier bouton de son chemisier blanc saute. Je fais semblant d'ignorer la tache brune qui le souille.

— Sésame, ouvre-toi !

Elle s'esclaffe.

Un deuxième bouton, sa poitrine ronde apparaît, en partie dissimulée par une broderie anglaise. Je savoure...

Et maintenant, dois-je agir avec douceur ? Tout arracher ? Le bouillonnement intérieur enfle, mais je choisis la lenteur. Qu'ils soient patients, là, dehors.

Une épaule se dévoile, mes ongles longs la frôlent. Jamais je ne me lasserai de son être. Je veux rester à jamais ici, dans cette bulle qui nous réunit.

Le vêtement est tombé sur le sol dallé de bois, c'est au tour du soutien-gorge de s'éclipser. Une bretelle, puis l'autre ; une agrafe, puis l'autre. Ses seins s'échappent, enfin libres. Je les effleure de mes cheveux dénoués. La caresse légère la fait frissonner. Son aréole se crispe et je m'empresse d'engloutir un téton fièrement dressé.

C'est à elle de me dévêtir. Débardeur et jupe rejoignent bientôt le chemisier sur le teck. Je ne porte jamais de lingerie fine, lui préférant les caleçons féminins si confortables. Je souris fasse à l'ironie du sort : arborer ce modèle de circonstance, précisément cette nuit...

Enfin nue, je laisse ma poitrine caresser son ventre tandis que je titille le lobe de son oreille puis ses clavicules. Je remonte un instant pour saisir sa bouche.

La clameur se fait plus forte autour de nous. Le temps presse, je descends le long de sa gorge, serpente sur son torse, m'arrête au creux de son nombril. Le piercing qui le remplit m'invite quelques souffles de plus. Mes mains ne sont pas en reste, elles s'emploient à déboutonner le jean.

Je me redresse et me délecte de ce corps parfait à mes yeux : un corps ample, plein de rondeurs délicieuses. Je veux le déguster comme si c'était la première fois et même si c'est la dernière. Mon nez vient chatouiller le creux de l'aine et elle se cambre de plaisir. Son ardeur me comble de joie et ma bouche s'égare dans sa douce toison. Je l'embrasse tout entière puis ma langue s'invite, plus précise. Elle gémit. J'exalte. L'entendre ainsi est une bénédiction. Mon ventre se tend, la chaleur l'inonde. Ma main droite se glisse dans mon entrejambe tandis que la gauche rejoint le sien. Je joue une triple partition et les notes s'envolent.

Prennent-ils leur pied aussi, eux, là, dehors ? Le tumulte gronde et enfle en synergie avec notre désir. Soudain, l'orgasme explose en même temps que la vitre du dôme. Nous sommes repues et ils le seront bientôt. Les bras de Mia m'enserrent.

— Je t'aime, murmure-t-elle.

Puis ce sont leurs mains décharnées qui m'attrapent et me griffent. Ce sont leurs bouches avides qui m'embrassent et me déchirent. Le plaisir cède place à la souffrance. L'odeur de notre amour s'est éclipsée, remplacée par le fumet âcre de leurs chairs en décomposition. Ils cherchent à nous séparer sans y parvenir, pour mieux se repaître. Nous serons pourtant unies jusque dans la mort.

Nous réveillerons-nous main dans la main pour dévorer à notre tour les vivants ? Mon regard se perd et s'arrête sur mon caleçon laissé au sol.

« Mangez-moi ! » s'y exclame tout sourire un dessin d'avocat…

Le Sacrifié d'El Plomo

Première parution :

Anthologie *Civilisations disparues*

Éditions Luciférines

L A PLUIE s'abat sur le pare-brise de la voiture. À travers le déluge, Axel observe sans y penser les arbres qui se dressent de chaque côté de la départementale rectiligne. Un mélange de conifères et de feuillus secoués par le vent. D'un geste automatique, il triture la bandoulière de son sac de cours, puis détourne le regard.

À sa gauche, Maïté tapote le volant au rythme de la musique retransmise sur la bande FM. À trente-cinq ans, ses cheveux ont déjà viré au blanc. Elle a décidé d'assumer cette couleur, bien qu'elle ait fait le choix de teindre ses pointes en bleu. Axel trouve que cela lui donne un air d'héroïne de manga. Elle lui jette un œil.

— Ben quoi ? J'ai le Rimmel qui coule ?

Il secoue la tête.

— Nan, t'es magnifique, comme toujours.

— T'es mignon, Axel.

Ils viennent de quitter la forêt et s'engagent dans Creutzwald. Les arbres cèdent la place à des maisons. Elles semblent tristes sous ce temps automnal. L'été n'a pourtant pas dit son dernier mot. Le mois de septembre est tout juste entamé, même si la rentrée semble déjà loin. Le collège Cousteau apparaît en ligne de mire. Maïté rétrograde et se stationne le temps de déposer le collégien.

— C'est papa qui te récupère, j'ai un rendez-vous.

— Ok, ça roule.

Maïté est coiffeuse, elle travaille dans une galerie marchande de l'autre côté de la ville. Elle aime son métier comme peu. Quand elle en parle, ses yeux noisette pétillent de bonheur.

Axel apprécie la voir heureuse. Il l'aime tellement. Du haut de ses quatorze ans, aucune femme n'est plus admirable. Voilà douze ans qu'elle partage sa vie. Douze ans qu'elle a charmé son père avec sa silhouette fine et son esprit acéré. Elle est plus qu'une belle-mère, bien plus.

Il avait un an lorsque sa mère est décédée. C'était le 23 avril 2014. Le siège 2 de la mine de la Houve venait de fermer. Ce type, un ancien mineur, avait noyé sa peur dans l'alcool avant de prendre le volant, fauchant en plus de sa vie celle d'une jeune danseuse. Axel n'avait conservé aucun souvenir de cette femme. C'est Maïté qui avait su l'apprivoiser. C'est elle qui l'avait accompagné à sa première journée en maternelle, elle encore qui avait apaisé ses angoisses d'enfant, pansé ses blessures...

Son sac sur l'épaule, il baisse la tête dans un vain espoir de se protéger des trombes d'eau. Son jeans et ses pieds sont trempés quand il atteint le bâtiment. Il n'est pas en avance, à peine le temps de dire bonjour aux copains qu'il faut rejoindre la salle de classe. Il commence par deux heures d'Histoire. Cette année, le prof fait une entorse au programme à l'occasion de l'*Inka* —

Gold. Macht. Gott. à la Völkinger Hütte. Dans quinze jours, tout le collège va visiter cette exposition en Allemagne, juste de l'autre côté de la frontière. Le temps de préparer la sortie, les cours officiels sont suspendus, exit le monde de 1914 à aujourd'hui. Certains s'insurgent, ils s'inquiètent de ne pas finir le programme à temps pour le brevet. Axel s'en fiche, l'Histoire, ce n'est pas son truc. Alors ce sujet-là ou un autre...

— Je vais tirer au sort des binômes et vous préparerez un exposé d'environ cinq minutes. J'ai prévu une liste de sujets, je passerai dans les rangs pour les distribuer.

Axel grimace. Déjà, il déteste travailler en groupe, ensuite, il exècre les exposés, enfin, l'idée de plancher sur ces fichus Incas... La loose... Il veut bien reprendre un peu de Première Guerre mondiale !

— Schneider et Klein.

Son cœur fait un bond. Le voilà apparié avec la sublime Béatrice. Il déglutit laborieusement. Elle tourne la tête vers lui, affichant un sourire engageant. Un peu timide, elle semble ignorer à quel point ses traits sont parfaits. Avec son visage rond, ses longs cheveux blonds et ses yeux gris, elle ressemble à l'actrice Hayden Panettiere. Ça fait un moment qu'Axel fantasme sur elle. Il joue les gros durs, aime mettre en avant ses muscles et son agilité de boxeur, mais au fond, il a le trouillomètre à zéro dès qu'il l'approche.

Monsieur Klock le sort de ses pensées en lui proposant une quinzaine de papiers froissés. Quel sujet de merde va-t-il tirer ? Il plonge la main, farfouille, puis saisit la boulette.

Incas et sacrifices.

Un frisson d'excitation remonte le long de sa colonne vertébrale. Cela s'annonce plus sympathique que prévu.

— Allez, tous au CDI, lance le professeur après avoir distribué le dernier thème. Le reste de l'exposé sera à préparer à la maison. Vous avez une semaine.

Ça râle un peu dans les rangs. Sept jours, c'est court. Pourtant, qui peut s'opposer à la volonté d'un prof ?

Les deux heures ont passé vite. Béatrice et Axel ont juste eu le temps de se répartir les tâches et d'imaginer une trame. Ce week-end, chacun planchera de son côté. Axel n'a eu aucun mal à convaincre la jeune fille de lui laisser la partie concernant les sacrifices humains. Il a presque hâte de commencer les recherches. Ils se retrouveront lundi, pendant l'heure de perm, pour tout mettre en commun. Axel se prend à rêver. Et s'il l'invitait à terminer le travail chez lui ?

La journée s'écoule sans autre surprise. Ennui au carré plus déprime puissance mille... À la récréation, ils se regroupent entre potes. Ils chahutent, rient, écoutent de la musique. Les temps de pause filent tandis que les leçons semblent s'étirer et durer des siècles. Axel n'est pas bon élève, ni mauvais d'ailleurs ; il se contente de vivoter. Après son brevet, il compte partir en CAP. Peut-être productique et maintenance, ou bien bâtiment et travaux publics ? Comment pourrait-il savoir ce qui le rendra heureux ou, à défaut, non malheureux ? Il a l'impression de devoir s'enfiler dans un tunnel dépourvu d'issue de secours. Qu'il prenne la route de gauche ou de droite, demain ne semble que teintes de gris.

La cloche retentit. Il est seize heures, il termine plus tôt un vendredi sur deux. La citadine rouge de son père est garée sur le parking du collège, il a exceptionnellement pris quelques heures ce soir. Une bruine légère tombe, le soleil est parvenu à percer les nuages.

— Bonjour Axel. La journée s'est bien passée ? Tu as eu des notes ?

L'adolescent grince des dents. Qu'est-ce que ça peut lui foutre ? Il déteste ces questions qui lui donnent l'impression de n'exister qu'à travers ses performances scolaires.

— Bof, ça peut aller. Un douze en maths, c'est tout.

— Ah super, un douze, c'est bien ça !

— Mouais.

Son père est banquier. Le type en costume, un peu dégarni avec une légère bedaine malgré les heures de vélo. Il a passé la quarantaine et sa vie se résume à rien, ou presque. Axel angoisse à l'idée de finir comme lui. Naître, survivre et crever à Creutzwald... Le destin le plus pourri au monde.

Le reste du trajet se passe dans un silence de mort. L'ancienne cité minière déroule ses façades sinistres. Maisons à vendre et commerces fermés se succèdent.

Pris en étau entre un pylône de haute tension et un lampadaire, leur pavillon fait figure de résistance avec sa façade bleue, entretenant l'illusion d'une fausse joyeuseté.

La voiture de Maïté est déjà là. Son rendez-vous a dû être écourté. Axel s'engouffre dans l'étroit hall d'entrée. Il jette son sac et abandonne ses baskets trempées avant de rejoindre la cuisine pour le goûter.

Sa belle-mère est assise à la table de formica vintage devant l'ordinateur portable. Ses yeux sont embués de larmes.

— Maïté, ma chérie ?, s'inquiète Laurent. Tu as eu les résultats ?

Elle lève un regard effondré sur son conjoint.

— Négatifs, comme d'habitude.

Ses sanglots redoublent, elle se blottit dans les bras ouverts de son compagnon. Axel s'efface. Il se sent de trop. La scène s'est tant répétée ces dernières années. L'adolescent se laisse tomber dans le canapé du salon. La maigre isolation ne parvient pas à étouffer l'échange qui a lieu de l'autre côté du mur.

— Nous n'aurons jamais d'enfant...

— Là ma chérie, ne dis pas ça. Ça finira par marcher.

— C'était notre dernière FIV. Nous avons gâché ce don d'ovocytes. C'est fini.

— Tu sais bien qu'il reste de l'argent sur mon livret. Nous allons rappeler cette clinique en

Espagne. Leurs résultats sont meilleurs qu'en France. J'y crois, vraiment.

Axel se sent inutile. Il n'est l'enfant de personne dans cette maison. Il voudrait parvenir à combler le vide qui détruit un peu plus chaque jour la gaieté de Maïté. Il a tout fait pour, en vain. Il ne sera jamais que le beau-fils, un fil à la patte...

Il hésite entre sortir taper dans son punching-ball ou s'enfermer dans sa chambre. Dehors, les nuages sombres sont légion, il tombe des cordes, la seconde option sera la bonne. Il va commencer à farfouiller sur Internet pour son exposé. Ça lui changera les idées. Il s'installe devant son PC, balance une playlist de metal et tape trois mots-clés : *Inca sacrifices humains*. Aussitôt, le moteur de recherche affiche plus de cent mille réponses.

Il va commencer par Wikipédia pour se faire une idée générale, puis il croisera ses sources. Il a bien retenu la leçon de la documentaliste.

Le premier lien s'avère décevant. À peine un paragraphe à se mettre sous la dent : Divers peuples amérindiens d'Amérique du Sud pratiquaient le sacrifice humain. Chez les Incas, Viracocha et d'autres divinités font l'objet d'offrandes et de sacrifices d'enfants, spécialement lors de l'intronisation d'un nouvel empereur. Il ne va pas aller loin avec ça. Une illustration attire pourtant son attention, celle d'une fillette momifiée. Enfants du Llullaillaco. Il suit le lien qui l'emmène vers une autre page de l'encyclopédie libre. Les enfants ont été sacrifiés dans le cadre du rite de la Capacocha. Des enfants étaient choisis parmi ceux de la bonne société de l'époque et sans défauts, pour être sacrifiés et obtenir les faveurs des dieux. Drogués, ils finissaient par mourir d'hypothermie. Axel réprime un frisson tout en cliquant sur Capacocha. L'image d'un nouveau corps apparaît : Momie de Plomo[2]. On dirait une fille aux cheveux longs, mais c'est un garçon. L'adolescent se sent comme attiré par cette photo. Il a une envie irrépressible d'en savoir plus sur ce jeune Inca. Il ne voit plus le temps passer, surfant de site en site. L'enfant n'avait que neuf ans lors de son sacrifice sur la montagne de Plomb[3]. Enterré vivant, il a tenté pendant de longues heures de protéger ses membres du froid. D'après ses habits, les historiens pensent qu'il était le fils d'un noble de la tribu de l'Altiplano. C'est où ça ? Axel cherche une carte, se renseigne sur la chronologie des empereurs. Ah tiens, c'est eux qu'on appelait Inca en fait, pas le peuple...

C'est la voix de Maïté qui le sort de sa concentration :

— À table mon chéri !

Mon chéri, comme ce terme lui paraît cruel. De qui est-il réellement chéri au final ? Il aimerait qu'elle le considère comme son propre fils. Il n'a rien contre accueillir un frère ou une sœur, mais il aimerait que Maïté voit en lui son aîné. Que pourrait-il faire de plus pour qu'il en soit ainsi ?

— J'arrive !

Le sommeil a tardé à venir et le voici déjà éveillé. Son portable indique 3 heures 2 minutes. Il pousse un soupir en se laissant retomber sur son oreiller quand il perçoit un bruit étrange. Surpris, il retient sa respiration pour mieux écouter. On dirait que quelqu'un grelotte et claque des dents. Est-ce que Gropoil est entré dans sa chambre en douce ? Ça lui arrive parfois, mais pourquoi tremblerait-il ? C'est idiot se reprend Axel, un chat ne fait pas ça ! C'est pourtant très clair, ça semble venir de l'autre côté de la table de chevet, c'est même de plus en plus fort. Axel s'enfonce sous sa couette. Doit-il sortir le bras pour allumer ? Il a peur de se faire agripper. Il y a quelqu'un, c'est sûr ! Devrait-il parler ? Il se sent ridicule. Pourquoi y aurait-il une personne dans sa chambre ? On marmonne pourtant à un pas de lui. Prenant son courage à deux mains, il jaillit hors du lit à la recherche de l'interrupteur du plafonnier, à l'opposé des murmures. Forcément, il ne le trouve pas de suite. Il sent quelque chose chatouiller son mollet et lâche un cri étouffé. Enfin, ses doigts rentrent en contact avec le bouton qu'il actionne. Le cœur battant à tout rompre, il se retourne précipitamment, repoussant au passage le manteau qui avait frôlé sa jambe.

Il est là, recroquevillé contre l'angle du mur, juste à côté du radiateur. Il porte une coiffure de fines tresses ainsi qu'une parure de plumes. Sa tunique foncée est agrémentée d'un tissage rouge en pied et surmontée de quelques bandes plus claires. Axel est frappé par la ressemblance avec les photographies sur Internet. C'est le garçon d'El Plomo ! Il doit rêver, il n'y a pas d'alternative. Cette pensée le rassure, il sent son pouls ralentir. C'est juste un songe, pas de quoi en faire un drame.

Il s'approche de l'enfant et s'agenouille à ses côtés. Le voici qui lève les yeux vers Axel sans quitter sa position fœtale.

— Je suis un messager du dieu Inti. C'est un grand honneur pour moi d'être désigné pour apporter prospérité à notre Sapa Inca[4].

Il parle en français. Ce n'est pas logique !

— Je converse de cœur à cœur, répond l'enfant comme s'il avait lu dans ses pensées. C'est mon rôle, je suis un pont entre les mondes. J'ai froid, si froid.

Sa voix, d'abord empreinte d'une grande solennité, se fait plaintive. Axel se sent démuni.

— Attends, bouge pas.

Il a une couverture polaire dans sa commode. Il la sort et en recouvre l'enfant.

— Merci. Je ne comprends pas ce que je fais ici, ajoute-t-il après une courte pause.

—Alors ça, s'exclame Axel avec un rire nerveux, je suis bien le premier à trouver ça étrange ! Je suis en train de préparer un exposé sur les sacrifices Incas, mais j'ai fait aucun rituel pour te faire apparaître, promis !

— Je suis un privilégié, j'ai été choisi par les dieux !

— T'as pas eu peur ?, s'étonne l'adolescent devant tant de ferveur.

— Si, bien sûr. Je ne savais pas si je serais à la hauteur. Quand la pierre a été refermée au-dessus de moi et que l'éclat du bien-aimé soleil a disparu, j'ai été terriblement effrayé aussi, mais la coca m'aidait à rester dans un état méditatif. Le plus difficile, ça a été le froid. Il me poursuit encore et toujours.

Axel a du mal à comprendre que l'on puisse s'enorgueillir d'être sacrifié. Il pensait que les victimes devaient se débattre, lutter.

— Je m'appelle Qhari, cela signifie courageux. Quelle honte ç'aurait été de me rebeller quand un tel honneur m'était accordé ! Mon père a été grandement récompensé.

— Et toi ?, ne peut s'empêcher de demander Axel. Quelle a été ta récompense ?

— Mon âme est auprès du dieu Inti, mon Sapa Inca a été guéri de la maladie qui rongeait son empire. Il a même pu engendrer un nouveau fils vigoureux. Quel plaisir d'être la source de tant de générosités. Mon corps a aussi nourri la montagne sacrée pendant des siècles, jusqu'à ce que des mineurs viennent troubler mon repos. Que la foudre s'abatte sur leur engeance !

Axel se dit soudain que le sort est bien cruel d'avoir matérialisé le pauvre Qhari dans une ex-cité minière. En même temps que cette pensée le traverse, il se sent épuisé et ne peut réprimer un bâillement. Son téléphone indique 5 h 07. C'est impossible ! Cela fait à peine cinq minutes qu'il échange avec le garçon. Ce rêve est bizarre. Machinalement, il se glisse dans son lit et ferme les yeux sans un regard pour le sacrifié.

Au réveil, une sensation étrange forme un étau autour de son cœur. Ce n'est qu'au moment d'ouvrir le frigo pour prendre du lait que le froid rappelle à sa mémoire le rêve nocturne. Cet exposé lui est sacrément monté aux neurones !

Son père et Maïté sont au travail. Il est tranquille jusque 15 h. Il en profite pour jouer à GTA.

— C'est étrange cette occupation !

Axel sursaute. Sur le canapé à sa gauche, Qhari vient de se matérialiser.

— Oh la vache, t'es réel !

— Bien sûr que je suis réel, mais je ne comprends toujours pas pourquoi je suis ici...

— Peut-être pour m'aider sur mon exposé ?

Ils s'esclaffent. L'adolescent s'imagine qu'il est en train de dormir, c'est bien la seule explication. Il rit, mais sent au fond de lui un vide béant, douloureux. Qhari se reprend en premier et, d'une petite voix, ose :

— Est-ce que tu pourrais aller te promener ? Je ne sais pas pourquoi je suis attaché à toi, mais c'est ainsi et j'aimerais profiter des rayons du soleil.

— T'es où quand t'es pas près de moi ?

— Je ne sais pas, partout et nulle part à la fois.
Je ne ressens rien hormis un froid intense. Et la
pleine satisfaction de servir Inti, bien sûr. Ce
sentiment est si doux !

Axel peine à comprendre ce dévouement. Avec
sa culture occidentale, cela lui paraît
inconcevable.

— OK pour un tour !

Et le voici dehors. Il perçoit la présence du
garçon derrière lui. On dirait qu'il ne dort pas,
c'est tout de même étrange. Quand il se retourne,
il n'y a personne.

— Qhari ?

Aucune réponse. Devient-il fou ?

Le vent souffle et chasse les nuages qui
semblent naviguer à grande vitesse. Les rayons
du soleil atteignent Axel par intermittence. Il
sent leur douce chaleur sur son visage. C'est si
bon. Jamais encore il n'avait pris un tel plaisir à
goûter leur caresse.

Il marche sans but ni réflexion et atteint
l'entrée du site de la Houve. Cela fait dix ans que
cette ancienne exploitation de charbon a été
démantelée. La zone est close, mais Axel connaît

un passage pour y pénétrer. Il ne sait pourquoi l'envie de grimper au sommet du tertre le prend. Quand il était gamin, il aimait s'amuser dans ce territoire interdit. Il s'inventait alors mille et une histoires. Cette fois-ci, une chose le frappe : les mini-terrasses le long de la butte lui rappellent presque les paysages du Pérou découverts la veille sur Internet. Bon, c'est un peu exagéré, mais avec l'imagination qui est la sienne, pourquoi pas. Il monte et profite du paysage. La forêt s'étend au-delà de la clairière formée par l'ex-site minier. Comme en superposition, apparaissent de hautes montagnes aux sommets enneigés. Il sent une force indescriptible gonfler en lui, comme s'il était investi d'un pouvoir surnaturel. Des voix semblent marmonner dans une langue inconnue. Et là, n'est-ce pas le murmure d'un lama ? Allons, il déraille. Il ne sait même pas quel son peut produire cette bestiole ! Il n'en a jamais vu en vrai. Il cligne des paupières, effaçant dans ce simple geste toute hallucination.

— Je rentre Qhari, je suis fatigué.

Il a l'impression de parler dans le vide. Heureusement que personne ne l'observe. Son téléphone indique quatorze heures passées. Déjà ! Il va rentrer manger un brin avant le retour de ses parents.

Le jeune sacrifié n'est pas reparu, pourtant ses nuits sont chargées de rêves incas. C'est comme s'il avait déjà vécu dans ce pays, dans cet autrefois, et que tout lui revenait au cours de son sommeil. Il se surprend à adresser des prières à Inti, Pachamama ou Viracocha. En parallèle, l'exposé avance. Béatrice l'a invité chez elle cet après-midi, après son cours de boxe. Ils vont préparer une affiche pour illustrer leurs propos. L'adolescente est studieuse et vise une note excellente. Elle voudrait obtenir son brevet avant même de le passer, uniquement grâce au contrôle continu.

— C'est difficile à la maison, a-t-elle confié à Axel. Papa ne travaille plus depuis des années... Maman fait ce qu'elle peut, mais avec son salaire de vendeuse, c'est pas mirobolant. Si j'arrive à faire des études, je pourrai les aider sur leurs vieux jours. Et puis, quand je ramène un bon résultat, ils sont tellement heureux. Ils étaient vraiment pas scolaires l'un comme l'autre, alors ça leur remonte le moral d'avoir une fille plutôt douée à l'école. Je leur dois bien ça.

Axel s'est vraiment senti touché qu'elle ose se révéler à lui. Quand elle a évoqué l'idée de terminer la présentation chez elle, il aurait presque bondi de joie. C'était bien la première fois que l'entraînement de boxe lui semblait long...

Elle habite dans un appartement rue des poiriers, à moins d'un kilomètre du club. Il s'y rend à pied. Le soleil est radieux, comme si Inti lui donnait sa bénédiction. Il se sent regonflé à bloc.

Béatrice l'accueille rapidement. Il a à peine le temps de sonner qu'elle a déjà ouvert.

— Mon père dort dans le salon, viens.

Axel entend la télévision à travers la porte close que désigne Béatrice avant de l'inviter à pénétrer dans sa chambre. La pièce est étroite, tapissée d'un vieux papier peint fleuri. Des rideaux mauves filtrent la lumière extérieure. Aux murs, sont affichés quelques posters de films, principalement de la science-fiction. Il ne savait pas qu'elle aimait ce genre de cinéma. Elle est vraiment cool cette fille !

— Mon bureau est minuscule, on va s'installer sur le lit, c'est encore l'espace le plus grand ici...

Elle pouffe un peu, mais pas d'une manière ridicule, non, plutôt d'une manière charmante. De toute façon, il est charmé, c'est indéniable.

Ils attaquent l'affiche. Elle a tout prévu : carton, ciseaux, colle, papiers de différentes couleurs, crayons à pointe large... Ça avance vite. Ils parlent à bâtons rompus. Axel est passionné par les incas. Il ne pensait pas pouvoir s'enflammer pour un sujet aussi sérieux.

— Je suis épatée par tes connaissances sur les civilisations pré-colombiennes. Finalement, t'es pas le genre de type que j'imaginais.

— Ah oui ? Et je suis comment ?

— Beaucoup mieux.

Elle se penche et dépose un baiser sur ses lèvres. L'exposé peut bien attendre un peu...

Allongé dans son lit, il a du mal à y croire. Il sort avec Béatrice Klein. La classe quand même !

— Elle est très belle, cette fille, une vraie vierge du soleil. Il n'y avait pas de blondes chez moi. Je suis sûr qu'Inti aime cette couleur aussi.

Qhari est de retour. Axel a du mal à se l'avouer, mais la présence de l'enfant lui avait manqué. Son sentiment est ambivalent : la crainte d'être fou d'un côté, cette amitié naissante de l'autre... Difficile de faire la part des choses. À quatorze ans, il est trop âgé pour un ami imaginaire.

— J'ai vu une vierge du soleil une fois, c'était magique !, reprend l'enfant. Je pensais que je serai à leurs côtés après mon sacrifice, malheureusement ce n'est pas le cas.

Ces femmes choisies pour honorer les dieux ou pour partager la couche de l'Inca devaient assurément être magnifiques. Axel se souvient en avoir vu dans ses récents rêves. Il se confie au garçon.

— Je crois comprendre pourquoi je suis attaché à toi, répond Qhari. Tu es probablement la réincarnation d'une personne de mon peuple. Et si tu as déjà vu plusieurs vierges du soleil, c'est que tu étais sûrement une personne de haut rang.

Axel est surpris. Il n'a rien lu concernant une croyance en la réincarnation chez les Incas.

— Notre peuple pense qu'une autre vie est possible à condition que notre corps soit intact lors de son arrivée devant les dieux. Peut-être que cette autre vie peut se dérouler à nouveau sur Terre ? Je ne sais pas, ce n'est qu'une hypothèse...

Cela expliquerait les événements des derniers jours, certes. C'est pourtant bien trop fou. Axel ne sait pas s'il croit en quoi que ce soit. Il ne s'est jamais posé la question. Pour l'heure, l'excitation de la journée est retombée, il est épuisé. Il

souhaite une bonne nuit à Qhari et éteint la
lumière.

L'exposé s'est bien passé. Objectivement, Axel
et Béatrice ont même fait la meilleure prestation.
Ils sont passés en dernier, après treize autres
binômes, et tout le monde a écouté jusqu'au bout
malgré la cloche qui avait sonné. Ils sont plutôt
confiants pour récolter une belle note.

Ça jase pas mal depuis hier au sujet de leur
couple. Axel n'est pas peu fier de s'afficher avec
la belle adolescente. Les pions veillent alors ils
évitent les démonstrations de tendresse, c'est
toutefois plutôt cool de se sentir envié.

Ce week-end, Maïté et son père partent à
Barcelone pour un rendez-vous médical, Axel va
en profiter pour proposer une sortie à la jeune
fille. Il a hésité à l'inviter chez lui, mais c'est
sûrement prématuré, il ne veut pas passer pour
un salaud trop rapide. Le cinéma, c'est une
première étape raisonnable et puis à vélo, ce
n'est pas si loin. Peu importe le film, ça sera
forcément un agréable moment.

Les jours à venir s'annoncent vraiment bons,
entre ce rencard et l'exposition vendredi
prochain !

Il a une pensée pour Qhari. En profitera-t-il pour le suivre ? Il n'est pas toujours à ses côtés, mais cela semble à Axel de plus en plus fréquent. Personne d'autre ne perçoit sa présence, pourtant il est bien réel. Si l'adolescent a pu en douter lors de ses premières apparitions, c'est désormais impossible. Tous ces échanges sont trop précis, comment inventerait-il les innombrables connaissances de l'enfant ?

Qhari avait raison ! Il est bel et bien la réincarnation d'une personne de son peuple, et pas de n'importe laquelle : il est le Sapa Inca, puissant entre les puissants, représentation des dieux sur Terre ! Huayna Capac est son nom ; il a vécu soixante ans, dont trente quatre années de règne. Grâce à sa formidable armée, il a étendu les frontières de Tahuantinsuyu comme nul autre.

Axel était à la Völkinger Hütte pour l'exposition *Inka* lorsqu'il a enfin compris.

Dans l'usine désaffectée, l'ambiance est très étrange, les anciennes machines côtoient les vitrines illuminées de vert. Cette atmosphère est propice aux révélations.

Accompagné de Béatrice, il s'emplissait les yeux de pièces de collections incroyables : figurines de lamas, statuettes, vaisselle, bijoux... C'est lorsqu'il s'était retrouvé devant un plastron en or que l'évidence l'avait frappé. Il se souvenait nettement avoir porté cette parure imposante autrefois. C'était à l'occasion d'une cérémonie en l'honneur de Viracocha et Inti. Le peuple Shuar résistait à ses assauts en lisière de l'Amazonie, il fallait amadouer la divinité pour que la guerre d'expansion se poursuive sous de meilleurs auspices. Un enfant avait été sacrifié pour l'occasion. Était-ce Qhari ? Axel n'en savait rien, mais il le soupçonnait fortement.

Que faire maintenant de cette étrange information ? Aujourd'hui, il n'est plus qu'Axel, un adolescent sans talent paumé dans un patelin moribond. Comment une âme divine comme la sienne a-t-elle pu tomber si bas ? Tout ceci n'a aucun sens. Il sent poindre en lui une sourde colère.

Béatrice n'a semblé rien percevoir, elle allait de vitrine en vitrine, affichant un large sourire, visiblement ravie de partager cette sortie scolaire avec lui. Son visage rond rayonnait. Elle était si belle, nimbée de jeunesse et d'innocence.

Le retour en car est pour Axel un calvaire. Il se sent oppressé par la présence bruyante de ses camarades de classe.

Lorsqu'il monte enfin dans la voiture de Maïté, le soulagement est intense.

— Bonjour Axel. Tu as l'air épuisé. Si tu as besoin de parler, je suis là...

C'est comme si une main immense, dans une caresse, venait d'anéantir tout doute. Il a une furieuse envie de se blottir dans les bras de cette femme pour pleurer.

— Merci Maïté, je ne dors pas très bien en ce moment, mais ça va.

Il lui adresse un sourire. Il ne peut pas lui ajouter ses inquiétudes, elle est elle-même si stressée. Et puis comment croire un tel délire mégalomaniaque ? Le téléphone de sa belle-mère sonne soudain, elle se gare précipitamment sur le bas-côté.

— Allo ? Oui, c'est bien moi. Oui, j'ai repris la pilule le premier jour de mon cycle. Hier. Le rendez-vous pour l'injection d'hormones est pris. Très bien, nous allons réserver les billets. Oui, je comprends, on ne peut pas savoir si la fécondation va fonctionner. Vous pensez qu'il vaut mieux prendre les billets à la dernière minute alors ? Très bien, j'attends votre prochain appel dans ce cas. Oui, oui, un dimanche serait absolument parfait.

Elle raccroche avec un visage radieux.

— C'est lancé Axel ! Si tout se passe bien, nous aurons un transfert d'embryon dans quinze jours ! Tu te rends compte comme c'est rapide ! Et puis ils sont tellement gentils, rien à voir avec la France, je n'ai plus l'impression d'être un numéro, seulement une mère en devenir.

Elle se met à sangloter tout en cramponnant la main d'Axel.

— Tu crois que je vais enfin être une maman ?

Il sent ses yeux s'embuer de larmes. Ne comprend-elle pas qu'elle en est déjà une ? La plus merveilleuse au monde même ? Ne voit-elle pas son fils sous ses yeux ?

— Oui, répondit-il. J'en suis sûr. Je ferai tout pour.

— Tu es tellement adorable Axel. J'ai de la chance de t'avoir auprès de moi.

Elle se penche pour déposer un baiser sur sa joue.

— Allons, rentrons, j'ai une faim de loup subitement.

Ils sont partis ce matin, le cœur gonflé d'espoir, leurs billets en main. Sur les cinq ovocytes présentés, quatre ont été fécondés. C'est une excellente moyenne. Deux seront implantés dans l'utérus de Maïté et deux autres congelés pour une prochaine tentative. Ou pour un prochain enfant...

Axel a pris le temps de serrer fort sa belle-mère contre lui, comme pour lui transmettre ses bonnes ondes. Il perçoit la puissance du Sapa Inca inonder tout son être. Il voudrait tant en faire don à Maïté.

— La force est avec toi !, a-t-il lancé en se forçant à rire.

Il sait combien elle est fan de Star Wars.

Il a serré la main de son paternel avec beaucoup plus de froideur. Le Sapa Inca en lui refuse avec véhémence tout lien entre cet homme méprisable et sa grandeur inégalable. Depuis quinze jours, la cohabitation entre ses deux parts intérieures devient de plus en plus délicate. Il ne se sent pas à sa place dans cette vie d'adolescent raté. Incarner à la fois un tel morpion et un empereur n'est pas chose aisée.

Seule la présence de Béatrice trouve grâce aux yeux du dieu vivant. Il l'a d'ailleurs invitée à passer la journée de dimanche avec lui. Au programme : pique-nique romantique.

Il va préparer un cadre d'enfer pour cette occasion, au sommet du tertre de l'ancienne mine de charbon. Il va falloir se la jouer discret, il ne faudrait pas qu'il soit repéré et que son organisation tombe à l'eau !

Tout est prêt pour demain. Le cœur battant, il se regarde dans la glace en se brossant les dents. Il est plutôt beau gosse bien qu'un peu petit. De ce côté-là, la réincarnation n'a pas été trop vache. À l'époque de son règne, son physique importait peu, de même que son esprit pourtant bien affûté, son rang suffisait amplement. Il n'avait besoin que d'une parole pour obtenir allégeance ou même une nouvelle vierge du soleil.

— Alors tu vas le faire demain ?, demande soudain Qhari qui se tenait un peu en retrait, dans la salle de bains.

— Oui, assurément, tout est prêt.

— Quelle chance !

Il ne peut qu'acquiescer. Une chance incommensurable. À ce sujet-là, adolescent comme Sapa Inca sont à l'unisson.

Elle est arrivée un peu avant midi, emmenée par son père.

— Je passe te prendre à 18 h Béatrice.

— Oui papa...

L'adolescente semble blasée.

— Nous nous sommes encore embrouillés. Il a bu dès le réveil et il me serine que c'est trop dangereux de venir chez toi en vélo. Quel abruti ! Avec tout l'alcool qu'il a dans le sang, on pourrait distiller du waldi direct...

Axel la prend dans ses bras avec douceur et l'embrasse sur le front. Il se souvient avoir enlacé ainsi tant de femmes, pourtant aucune n'a jamais égalé Béatrice. Elle est la majesté incarnée, la perfection à l'état pur, un présent divin.

— Allez viens, on va passer une belle journée et, ce soir, tu n'y penseras plus.

— Tu m'emmènes où alors ?

— C'est une surprise. Donne-moi ton sac, il va falloir marcher.

Quand ils arrivent près du trou dans le grillage, elle hésite.

— C'est ici que travaillait mon père quand je suis née... Tu es sûr qu'on peut y aller sans risque ?

— Sans aucun, il n'y a jamais personne le week-end.

Elle n'est même pas essoufflée lorsqu'il s'agit de gravir le tertre. Il faut dire qu'en plus de sa grande intelligence, elle est sportive. Elle pratique l'athlétisme. Arrivée au sommet, elle s'arrête avec un « Oh » admiratif.

— C'est magnifique Axel !

Il a installé au sol une couverture péruvienne tissée en laine de lama et achetée sur Internet. Il y a disposé un panier garni d'aliments, deux coupes de champagne, des fleurs, quelques coussins... C'est vrai que ça rend bien. Il ne se sent pas peu fier d'avoir su préparer un tel cadre seul, sans l'aide d'aucun domestique.

— Installe-toi, enlevons nos chaussures et commençons par l'apéritif.

Il remplit les verres et ils trinquent. Très rapidement, elle se met à rire.

— C'est quoi ton mélange ? C'est fort, j'ai la tête qui tourne !

— Est-ce que tu serais d'accord pour accepter ce cadeau Béatrice ?

Axel tend un collier de coquillages spondylus orné de filigranes en cuivre. Il n'a pas pu se permettre d'acheter un modèle serti d'or. Autrefois, il aurait pu offrir un bijou digne de la grandeur de son amante.

— Il est magnifique !

Avec des gestes maladroits, elle le passe autour de son cou. Son verre est vide, Axel en sert un nouveau. Il n'a pas encore touché au sien.

Le temps est radieux, le moment parfait. L'adolescent goûte cet instant d'éternité, la main posée sur celle de Béatrice, les yeux plongés dans les siens. À travers lui, le Sapa Inca se délecte.

Il est temps, il sent la présence de Qhari ainsi qu'une intense exaltation. Il se penche pour embrasser la jeune fille puis se lève et la porte dans ses bras. Elle rit, mais ses yeux vacillent. Il vaudrait peut-être mieux lui servir un dernier verre. Elle accepte. Le liquide coule autant au coin de ses lèvres que dans sa bouche. Avec un petit cri de joie, elle lance la coupe au sol et entoure de ses bras le cou d'Axel.

Elle est plus lourde qu'il ne l'aurait pensé. Heureusement, il n'a que quelques pas à faire avant de parvenir près d'une seconde couverture étendue sur une petite butte. Il la repousse des orteils, dévoilant une cavité creusée dans la terre au pied du monticule. Il a passé la journée à manier la pelle hier. Ses bras sont encore douloureux et ses mains couvertes d'ampoules. Il n'y pense cependant plus, l'esprit entier tourné vers son but. Avec difficulté, il dépose Béatrice dans la niche. Elle s'est endormie et il la place pour qu'elle prenne une position accroupie. Il a prévu une corde pour la maintenir. Il prend le temps de disposer joliment plusieurs figurines autour de l'adolescente. Elle est sublime. Ses cheveux blonds reflètent les rayons du soleil. Inti a déjà accueilli la jeune fille en son cœur, Axel en est persuadé. Jamais encore il n'aura reçu offrande si belle. Quel destin formidable pour cette simple fille de mineur !

Après un soupir de satisfaction, Axel reprend sa pelle dissimulée derrière le tas de terre et commence à combler le trou. Il aurait tellement aimé le refermer d'une roche, mais c'était hors de sa portée.

Béatrice n'a pas bronché quand le sol s'est refermé sur elle, trop embrumée par les vapeurs d'alcool mêlées aux médicaments de Maïté. Antidépresseurs, anxiolytiques ; tout y est passé. Le plus difficile fut d'agrémenter le mélange pour le rendre buvable.

L'adolescent est épuisé, pourtant son cœur se gonfle d'allégresse quand il imagine la joie d'Inti et ses dons en retour. Il se sent comme un condor flirtant avec un courant ascendant. Il repositionne la couverture sur la fosse puis retourne au panier de fruits. Il ne reste plus qu'à disposer ces offrandes-là.

Il observe un instant la scène et sent la présence approbatrice de Qhari derrière lui. Certes, il manque la grandeur des rituels d'antan, mais c'est tout à fait acceptable compte-tenu de ses moyens actuels. Il sait que son dieu en tiendra compte.

Dans un mouvement solennel, il s'assoit auprès des présents, puis saisit la bouteille d'alcool. D'une traite, il la vide ainsi que le verre rempli pour lui quelque temps avant. Il sait que la dose est correcte. Il sent déjà son esprit vagabonder. Les rayons du soleil caressent ses bras nus, son visage. Tout est si parfait.

Il s'imagine Maïté recevant les deux embryons. Cette fois-ci sera la bonne, aucun doute, Inti a toujours récompensé ses fidèles.

Sa tête tourne, il ne sent plus son corps.

Deux embryons, deux sacrifiés.

Qui sait, peut-être aura-t-il l'honneur de se réincarner au creux de Maïté. Peut-être même aux côtés de Béatrice. Alors, enfin, il pourra l'appeler maman. Dans une explosion de joie, son cœur et son souffle s'arrêtent.

S.O.S.

Première parution :

L'Indé Panda N°3

Merci au Pr Nelson A.

pour cette anecdote inspirante.

LES RAYONS matinaux du soleil hivernal perçaient avec difficulté la couverture nuageuse. Juste assez pour faire plisser les yeux de Béatrice. Sa myopie, trop massive pour être correctement corrigée, lui donnait déjà cette attitude en temps normal. Discernant une ombre sur la berge, elle rétrograda par mesure de sécurité. Un chien de berger traversa la route avec flegme. Il avait bien de la chance qu'elle l'ait vu malgré les mauvaises conditions. Elle jeta un œil dans le rétroviseur avant de repartir. Si ses problèmes visuels s'aggravaient encore, elle pourrait faire une croix sur son permis. Il s'en était déjà fallu de peu quelques années plus tôt...

Le GPS indiquait encore sept kilomètres avant d'arriver au centre de rééducation Saint-Victor. C'était son premier jour de stage et elle avait le trac, comme avant d'entrer en scène. Sa voix intérieure s'amusa à singer les trois coups puis elle se mit à déclamer le texte appris l'été dernier. À toutes les vacances scolaires, elle rejoignait une troupe de gais lurons pour un spectacle en plein air. Ces moments festifs étaient parmi les meilleurs de l'année. Il lui tardait de jouer à nouveau. Cela risquerait d'être sa dernière participation. Il y aurait ensuite son mémoire de recherche à présenter puis la fameuse vie active à entamer. Un mélange de hâte et de crainte se mêlait à cette perspective. Elle avait abattu un travail immense pour parvenir à rentrer dans cette école, mais maintenant qu'elle y était, elle hésitait. Avait-elle fait le bon choix ? S'épanouirait-elle dans cette profession ? Elle qui craignait tant le contact avec des inconnus... Son entourage avait tiqué sans oser la reprendre lorsqu'elle avait entrepris ces études paramédicales. Elle voulait leur prouver qu'ils avaient eu tort de douter d'elle, mais s'ils avaient raison au final ?

Un panneau délavé indiquait l'entrée du complexe de soins. Des platanes effeuillés formaient une allée jusqu'à un parking jonché de nids de poule emplis d'eau. Un orage avait éclaté la nuit dernière, inondant le département et faisant déborder quelques rivières.

La jeune femme gara sa vieille Twingo verte, prit un petit temps pour se composer un visage de circonstance et, armée de sa sacoche élimée, descendit de voiture. En quelques pas, son bas de pantalon se retrouva trempé, impossible d'éviter les flaques trop nombreuses.

La porte automatique s'ouvrit avec lenteur, révélant un stand en Formica derrière lequel trônait une femme entre deux âges.

— Mademoiselle ?, lança-t-elle d'une voix glaciale.

Béatrice se racla la gorge, mal à l'aise.

— Bonjour, Madame, je suis la stagiaire en orthophonie. J'ai rendez-vous avec madame Beaupré à 9 h.

— Ah..., lâcha-t-elle avec dédain. Deuxième étage, porte 216. L'ascenseur est au bout du couloir.

— Merci, Madame, bonne journée.

Le couloir était large, assez pour permettre le croisement de brancards. Dans une vaine tentative d'égayer les lieux, un ficus déplumé avait été installé près de l'extincteur et des peintures défraîchies ornaient les murs blanc cassé.

Tout en tripotant le porte-clés attaché à son sac, Béatrice appuya sur le bouton de l'ascenseur. Il sembla mettre un temps infini à arriver. Elle sentait le regard lourd de la réceptionniste dans son dos. L'envie de s'enterrer revenait. Aussi loin qu'elle s'en souvienne, la proximité avec les autres humains l'avait toujours dérangée. À l'école, elle restait le plus souvent seule, écoutant de la musique dans son walkman pendant les récréations.

Et pourtant, elle avait toujours eu un faible pour tous les aspects de la communication, pour tous les langages. À huit ans, elle avait voulu apprendre le braille, sûrement parce qu'elle se savait atteinte d'une forme évolutive de myopie... À treize ans, elle s'était lancée dans la langue des signes française. Se lâcher assez pour exprimer cette grammaire complexe à travers son corps d'adolescente mal dans sa peau avait été un vrai challenge. Elle en gardait une certaine fierté. À dix-sept ans, elle avait choisi de se lancer dans une licence de sciences du langage. Ce n'est qu'ensuite qu'elle avait passé, avec succès, le concours d'entrée à l'école d'orthophonie. À vingt-trois ans, elle commençait sa première formation de longue durée sur le terrain.

Trouver un lieu de stage, c'était comme vouloir attraper un morceau de pain au milieu d'une nuée de mouettes, pas gagné d'avance... Après de multiples coups de fil infructueux, elle qui détestait le téléphone, elle avait réussi à décrocher cette place dans un institut de campagne. L'orthophoniste en poste lui avait paru rigide, mais accueillante.

Au deuxième étage, les murs étaient peints en marron jusqu'à mi-hauteur puis en jaune criard rehaussé d'une frise verte du plus mauvais goût. Un homme d'une quarantaine d'années se tenait recroquevillé contre ce décor déprimant. Une petite cuillère à la main, il frappait avec obsession la cloison comme pourrait le faire un enfant. Une femme vêtue d'une blouse rosâtre apparut aussitôt.

— Monsieur Duchamp, vous savez que vous dérangez vos voisins en tapant ainsi ! Venez dans votre chambre.

Béatrice adressa un signe de tête à l'aide-soignante et se mit en quête du numéro deux cent seize.

Elle toqua avec timidité et une voix ferme et forte lui demanda d'entrer.

— Bonjour ! Vous devez être mademoiselle Boileau, bienvenue parmi nous ! Mettez-vous à l'aise.

L'installation faite, madame Beaupré proposa de commencer la matinée par une présentation des patients de l'après-midi.

— Je vous ferai visiter les locaux ensuite. C'est votre premier stage en institution ?

— Oui, je n'ai réalisé que des observations jusqu'à présent, trois fois une semaine en libéral et une semaine en hôpital.

— Vous étiez dans quel service ?

— En gastro-entérologie, je n'ai pas croisé un seul orthophoniste, mais j'ai appris à changer une protection pour adulte..., osa-t-elle d'une voix ironique.

La maître de stage se fendit d'un large sourire. Elle n'était peut-être pas si austère après tout.

— Mes lundis matin sont réservés à la rédaction des comptes-rendus et à l'auto-formation. C'est en théorie un temps prévu dans la plupart des contrats, mais c'est extrêmement rare de pouvoir en bénéficier. J'ai la chance d'organiser mes horaires comme bon me semble, vous verrez que ce n'est pas le cas partout.

— Cet après-midi, poursuivit-elle, nous recevrons cinq patients. Le premier est un jeune homme de dix-neuf ans, traumatisme crânien suite à un accident de moto. Très frontal, c'est-à-dire que le choc au niveau du cortex préfrontal a provoqué un changement de comportement. Il est particulièrement désinhibé. Il risque de vous faire des avances, il ne faudra pas lui en tenir rigueur. Au niveau langagier, on a plutôt un syndrome de l'hémisphère droit. Très intéressant !

Enfin, Béatrice pouvait faire le lien entre la théorie, parfois rébarbative, et cette pratique encore inconnue. Elle en oubliait presque qu'il s'agissait d'un être humain, un jeune homme de cinq ans son cadet. Dans son imaginaire, se dressait un tableau clinique fait de divers symptômes. Elle tentait de se souvenir des axes thérapeutiques envisagés en cours, mais y peinait. Elle avait hâte d'observer madame Beaupré en action.

— Le deuxième patient a soixante-dix-huit ans, il est ici dans le cadre d'une maladie de Parkinson, le temps de récupérer après une opération. Ses troubles se situent au niveau de la déglutition. Les fonctions cognitives sont préservées jusqu'à présent.

Ce serait sa première expérience en dysphagie, ce trouble qui empêchait les gens d'avaler correctement. Elle savait que le pronostic vital pouvait être engagé. Il s'agissait souvent d'urgences dans la profession. Savoir que son accompagnement pourrait être capital à la survie d'un patient l'enthousiasmait et l'effrayait tout autant.

— Ensuite nous aurons madame Taramond, quatre-vingt-deux ans, AVC sylvien. Il ne reste plus grand-chose en termes de communication... La probabilité d'amélioration est médiocre.

Un tel accident vasculaire cérébral, chez une patiente de cet âge, c'était une énorme épreuve. Malgré toute la plasticité dont le cerveau était capable, elle comprenait que madame Beaupré soit pessimiste quant aux capacités de récupération. Elle songea à sa grand-mère d'âge semblable. Elle vivait toujours à son domicile, indépendante et dynamique. Pour combien de temps encore ?

— La personne suivante est jeune : trente-sept ans, sclérose en plaques. À notre niveau, il y a encore beaucoup à faire... L'articulation est particulièrement touchée. On a aussi des fausses routes — même à la salive — des problèmes mnésiques et attentionnels, etc. Mais comme elle remarche, elle sort demain. Tu verras que ce côté est extrêmement frustrant en centre de rééducation, tout est mis sur l'aspect moteur et le cognitif est souvent considéré comme accessoire pour les médecins. Je ne compte plus le nombre de patients renvoyés à domicile sans relais orthophonique malgré l'absence de communication. Du moment que le patient marche... Bref !

Ce n'était pas la première fois que Béatrice écoutait ce type de doléances. Elle avait l'impression que toutes les professions déploraient être la cinquième roue du carrosse. Quand elle était plus jeune, elle avait entendu ses parents se plaindre ainsi, puis leurs amis, et enfin ses propres copains devenus actifs avant elle... Qu'en était-il vraiment ?

— Pour finir, nous recevrons monsieur Duchamp. Étiologie diffuse : prise de drogues, diabète, traumatisme crânien... Il a été retrouvé dans la rue il y a trois ans. Comme il est sans famille, il végète ici. La rééducation n'aboutit pas, aucun échange n'est possible pour le moment.

Nous travaillons avec la PACE[5] mais je n'obtiens rien d'intéressant.

La jeune étudiante avait déjà entendu parler de cette méthode de rééducation. Si elle ne se trompait pas, il s'agissait d'axer le travail sur les aspects verbaux, mais aussi et surtout non verbaux : gestes, mimiques, dessins... Le patient pouvait ainsi se saisir de la moindre capacité préservée. Elle avait hâte de découvrir cette approche en vrai.

Elle posa une question pour s'assurer qu'elle ne se trompait pas et elles enchaînèrent sur une présentation passionnante du matériel disponible à l'institut. Il n'y en avait pas beaucoup, le budget était serré, mais madame Beaupré avait énormément de créativité pour travailler à partir de rien. Béatrice se demandait si elle serait capable d'une telle inventivité.

— En dehors de quelques habitués, les patients tournent plus qu'en libéral. Je peux ressortir les mêmes idées fréquemment au final.

— Il est presque l'heure de manger, ajouta-t-elle, je vous fais visiter rapidement les lieux avant la pause.

Béatrice suivit docilement sa maître de stage dans les quatre étages du bâtiment. En dehors des infirmiers et des aides-soignants, l'orthophoniste était la seule professionnelle à avoir son bureau au même niveau que les chambres des patients. Les kinés, les ergothérapeutes, le psychologue et les médecins consultaient au rez-de-chaussée, non loin du réfectoire.

— Pour certains patients, il m'arrive d'accompagner le moment du repas, expliqua madame Beaupré en traversant la salle à manger.

Un brouhaha digne d'une cantine scolaire régnait dans le lieu. Entre les paroles hautes des patients un peu sourds et les bruits de couverts, elle remarqua que le patient entrevu plus tôt dans le couloir tapait avec entêtement sur la table à l'aide de son verre. Son regard perdu était touchant, inquiétant, déprimant...

— Je vous montre l'aile administrative ? lança madame Beaupré, la tirant de ses sombres pensées.

La journée était particulièrement enrichissante, il ne restait plus qu'un patient à voir, celui qui avait tellement touché Béatrice le midi. Pourquoi celui-ci plutôt qu'un autre ? Elle n'aurait su dire, l'empathie laissait place à une sympathie bien peu professionnelle. Comment gérerait-elle ce sentiment plus tard, lorsqu'elle serait diplômée ? Parviendrait-elle à laisser au boulot toute cette tristesse ou l'emmènerait-elle chez elle chaque soir ?

Une aide-soignante venait d'amener monsieur Duchamp. Ce dernier ouvrait des yeux ébaubis sur la pièce, comme s'il entrait ici pour la première fois. Son angoisse était palpable. Il ressemblait presque à ces enfants porteurs d'autisme qu'elle avait observés en cours à travers des vidéos.

Madame Beaupré le fit asseoir et entama sa rééducation. Elle parlait avec force gestes et mimiques, tentant vainement d'entrer en communication avec l'homme. Ce dernier s'empara d'un stylo et se mit à le secouer frénétiquement sur le bureau. Avec douceur, mais fermeté, l'orthophoniste récupéra l'objet et tenta de placer les photographies nécessaires à la thérapie.

L'affolement du patient monta d'un cran. Il se saisit de la boîte en carton et reprit son geste obsessionnel. La thérapeute s'apprêtait à récupérer le carton quand la main de Béatrice l'arrêta.

— Madame, dit-elle avec émotion, lorsque j'avais onze ans, j'ai vu le film *Johnny s'en va-t-en guerre*. Ça m'a donné envie d'apprendre ce code utilisé par le personnage principal, vous savez, le morse... Je crois que c'est ce que cherche monsieur Duchamp, je veux dire, parler morse...

L'orthophoniste lâcha le bras du patient.

— Mais, vous pourriez traduire ? Que dit-il ?

Les claquements secs portés sur la table s'élevèrent, écoutés, enfin... et Béatrice traduisit consciencieusement ces sons absurdes en une langue articulée :

— Est-ce que quelqu'un me comprend ?

Sans faute

Première parution :

Sans Faute

PREMIER cours dans ce nouveau centre équestre. Mon cœur s'emballe un peu. J'attends avec empressement que le moniteur me donne un nom... Ça y est, me voilà apparié avec un grand osseux. Je préfère habituellement les modèles plus ronds et souples, tant pis.

Nous commençons par un long pansage. Étrille, brosse dure puis douce, cure-pieds, peigne pour les crins... Ça prépare un peu mes muscles. Je penche la tête à gauche puis à droite afin de parfaire l'échauffement. En piste !

Je traverse les écuries d'une démarche souple, adressant un signe de tête à mes comparses, puis nous arrivons dans la carrière. Le sol est de bonne qualité. Ni trop dur, ni trop fouillant. Son élasticité doit être parfaite sous les sabots. J'ai hâte de le ressentir au travail.

Trois autres couples sont en train de se préparer au centre de l'espace. Nous les rejoignons d'un pas enjoué. La crainte s'est muée en impatience. Je vais enfin pouvoir montrer à tous ce dont je suis capable.

Le cours débute au pas, le temps de régler la cadence de chacun. Le rapport main-bouche est dur, assez inconfortable, je joue un peu pour le décontracter. L'instructeur intervient, il nous aide à trouver un accord plus agréable.

Nous voici déjà au trot de travail, à sillonner l'espace de mille figures : voltes, diagonales, demi-voltes renversées ou non, huit de chiffre et serpentines... Nous voilà détendus, prêts à passer aux choses sérieuses.

Nous augmentons peu à peu l'impulsion, gagnant en rebond. La propulsion se fait plus intense, les épaules se délient le temps de quelques figures de dressage plus élaborées.

Quel bonheur, cette danse, nos deux corps ne font qu'un. Je ne donnais pas cher de notre duo au premier abord, mais je suis agréablement surpris. Malgré ma concentration intense, je garde un œil sur les filles alentour. Elles m'admirent, assurément. J'ai si fière allure.

Voilà un bon mois maintenant que je pratique dans ce club. On me confie cette fois-ci un modèle de taille moyenne. Son dos est un peu court, ses jambes longues. Son allure me semble assez flexible, laissant présager une belle qualité de mouvement. J'ai hâte de l'essayer. J'ai entendu le moniteur préparer un parcours de saut d'obstacles. La saison va bientôt reprendre et je veux à tout prix faire sensation. Je rêve d'intégrer la « team CSO[6] ».

La détente est un peu bâclée, mais ça ne me gêne pas plus que ça, je suis trop pressé à l'idée de sauter enfin pour de vrai. Mon partenaire paraît tout aussi impatient et je m'en réjouis. C'est la première fois que nous travaillons ensemble et j'aime son contact délicat ainsi que les sensations qu'il me procure à travers la selle.

C'est à notre tour d'entrer en piste pour enchaîner le parcours, rien de bien méchant : croisillon dans le petit côté, vertical puis double dans la diagonale, oxer dans la longueur puis nouveau double dans l'autre diagonale avant de finir par un spa en A.

Je pars dans un petit galop cadencé à faire pâlir un « dresseux », j'avale les obstacles comme si de rien n'était. C'est facile, trop facile. Le moniteur a repéré notre coup de saut et nous propose de revenir à une hauteur un peu plus intéressante. Un mètre, rien d'insurmontable. Il est épaté par notre belle entente et monte à nouveau, puis encore. Nous volons, littéralement, au-dessus des barres. Je sens ma peau se couvrir de sueur et mon souffle devenir court, mais je suis plein de joie. Les commentaires enthousiastes vont bon train le long de la lice.

L'instructeur s'approche, il pose une main sur ma cuisse.

— Ça te dit de le monter dimanche prochain pour la un mètre dix ? Ça serait un bon début, vous pourriez allez loin tous les deux...

Premier concours officiel. Le stress est à son comble. Tout de blanc vêtu, je m'impatiente dans la carrière de détente. Mon nom ne va pas tarder à être annoncé. Mon partenaire est nerveux lui aussi, je sens ses muscles prêts à exploser. J'espère qu'il ne va pas tout gâcher. L'émotion peut parfois avoir de fâcheuses conséquences.

— Kator des Sables et Kevin Legardon !, braille la voix dans le micro.

Nous entrons en piste sous quelques applaudissements mous. Le sable est un peu profond, mais rien d'insurmontable. Je repère un soubassement assez voyant, un drapeau claque au vent près de la lettre N, un chien aboie en C. OK, ça va aller.

Après un salut élégant à destination des juges, nous attendons la cloche pour nous élancer. Petit galop, garder la cadence, ne pas trop accélérer malgré l'envie de foncer. Compter les foulées pour prendre une battue impeccable, accompagner le mouvement, reprendre, frapper... Les obstacles s'enchaînent avec une facilité déconcertante, nous laissant même le loisir de prendre une option afin d'exploser le chronomètre.

Entrés sous l'indifférence, c'est sous un tonnerre de hourras que nous quittons la place avec un sans-faute majestueux.

Je ne peux pas la quitter des yeux, c'est ma toute première plaque. Je reste silencieux, mais me promets qu'elle ne sera pas la dernière. Ma carrière ne fait que commencer, j'ai trouvé ma voie, ma vie est là désormais, au-dessus des barres colorées.

Les week-ends se sont enchaînés, j'ai gravi des centaines de podiums, les récompenses ont plu. Notre couple est célèbre maintenant. On nous surnomme K&K, les imbattables. Pas une seule barre lors de la dernière saison. Nous sommes une légende vivante, des dieux !

Depuis quelques jours, une légère douleur persiste. L'ostéopathe n'a rien pu faire pour me soulager. La mine du Dr Lesage m'a paru peu engageante. Bien que je craigne le pire, je continue de fanfaronner, comme à mon habitude.

K. a dû sentir mon malaise cependant, car il m'a semblé las pendant notre dernière sortie. Le moniteur a posé sa main sur ma cuisse, comme lors de mon tout premier parcours, mais il avait l'air déçu. Il ne m'avait encore jamais regardé ainsi. J'ai pourtant tout fait pour cacher ma gêne, en vain, il a dû la repérer. J'ai peur qu'il ne me laisse pas repartir lors du prochain challenge.

L'instructeur m'invite à monter dans un nouveau véhicule. C'est la première fois que je sors en concours un lundi. J'espère que ma jambe va tenir, je compte sur mon co-équipier pour briller et compenser ma faiblesse. Je ne l'ai pas vu ce matin, sa présence me manque. Il doit déjà être sur place à cette heure. Il s'impatiente sûrement sans moi.

La route est sinueuse, mon mal des transports me revient. J'ai peu mangé ces derniers jours, ça doit jouer.

Enfin, nous ralentissons. Une étrange odeur plane et j'entends des cris affolés. Un cheval a probablement embarqué son cavalier et sème la panique dans le manège. Ça arrive de temps à autre.

On me fait descendre dans un hangar sombre et bruyant. Le sol est humide, je glisse et ressens un vif élancement dans ma jambe. Impossible de reprendre ma marche sans boiter. Il faut pourtant que je sois au top tout à l'heure !

Devant moi, un cheval renâcle, il semble épouvanté. Peu à peu, la peur me gagne. On me pousse en avant, un poney s'est effondré plus loin. J'essaie de faire demi-tour, mais des barrières m'en empêchent. Un homme approche, il porte une tenue blanche maculée de sang. Son regard est vide, un zombie. Sa main tient un engin métallique inconnu. Je lève la tête tant que je peux pour éviter l'instrument, en vain. Une brusque décharge me frappe et me paralyse. Je me sens tomber, mes membres s'agitent sans que je puisse les contrôler. Je perds conscience quelques minutes.

L'effroi, la souffrance.

Un crochet perce mon jarret, mes sabots et mes naseaux traînent sur le sol carrelé. J'entends des bruits stridents, ça tronçonne à tout va autour de moi. Je secoue ma demi-tonne, je veux partir, je veux retrouver mon box, mon paddock, mes obstacles chéris.

Une lame tranche mon encolure, le sang s'écoule.

Je pense à Kévin, à notre si beau couple, nous sommes imbattables ensemble. Pourquoi n'est-il pas là ?

Je pense à mon moniteur, si fier de posséder une monture comme moi. Je l'ai suivi avec confiance, avec dévotion même.

Où suis-je maintenant ? J'ai mal. Je veux rentrer chez moi.

La scie grince, entame mes chairs au supplice.

La vie me quitte, mais je lutte, je suis un combattant, jusqu'au bout.

Devant mes yeux vitreux, une barre apparaît, je la franchis, ma dernière barre.

Sans faute.

Nouveau départ

Inédit

L'ALERTE est enfin levée. Sur les écrans géants couvrant le mur du dortoir apparaît la nouvelle miss météo du moment : une petite femme à la poitrine opulente et au visage lissé par la chirurgie plastique. Seule la peau de ses mains révèle un âge probablement avancé. Ses grands yeux bioniques mauves sont parfaitement intégrés et cillent avec un naturel déconcertant.

La science progresse à pas de géants depuis une décennie. Sa voix vibre mélodieusement, forçant l'écoute et l'attention. Elle use probablement d'un implant vocal 7XB8. Terriblement cher, mais aussi terriblement efficace. On raconte qu'il est possible de charmer n'importe qui avec un tel organe. Est-ce la raison de son ascension médiatique fulgurante ? Un mois en arrière, personne ne connaissait cette bimbo et voilà qu'elle présente non moins de cinq émissions.

— Un fort vent du sud chassera les pluies radioactives vers le nord du continent, continue-t-elle suavement. Les camarades travaillant dans le secteur NST sont invités à rejoindre leur lieu d'exercice. Sortie autorisée dans dix minutes.

Sonya se redresse et déplie sa grande carcasse. Un mètre quatre-vingt-trois, bien trop grande pour une femme, pourtant il faut faire avec. À côté du lit, une étroite table de chevet surmontée d'un miroir contient ses uniques biens. Trois tenues de ville complètes, une montre cassée héritée de son père, un vieux crayon publicitaire, le livre préféré de son défunt mari, une photo qu'elle n'ose plus regarder depuis longtemps déjà.

Elle ne prend pas la peine de s'examiner avant de partir, elle préfère éviter son reflet autant que possible. Est-ce par peur de se découvrir vieillie ou par honte ? Quarante et un ans, ce n'est pas vraiment âgé, surtout dans ce monde où les pièces de notre corps se changent comme on remplaçait autrefois celles d'une voiture. Elle se sent toutefois réduite à peu de choses. Et elle est peu de chose : une camarade du secteur NST, une simple ouvrière dans la fourmilière de l'État.

Avant de quitter le bâtiment, elle passe par les urinoirs. La lumière au-dessus du WC clignote, oscille entre l'orange, le rouge et le vert. Sonya sent une lueur d'espoir naître au creux de son cœur. Couverait-elle une quelconque maladie ? Elle serait alors exempte de travail et pourrait retourner dans sa chambrée...

L'espérance est de courte durée, la LED se fixe sur un vert insolent. Avec un soupir déçu, la femme s'éloigne.

Dans la rue, le peuple marche à pas pressés, le regard fixe. On pourrait se croire face à une armée de robots. Certains arborent d'ailleurs des membres métalliques. Les mutilés de guerre ont trouvé dans la technologie un moyen de continuer à vivre. En échange d'espèces sonnantes et trébuchantes ou de quelques années au service de la collectivité, ils retrouvent la mobilité tant désirée.

— L'État nous protège, murmure Sonya avec une rage à peine contenue, l'État nous guide.

C'est ce qu'on voudrait leur faire croire depuis que le Petit Père a pris le pouvoir. Sonya n'est pas dupe. L'État nous manipule serait plus juste.

Elle arrive à la boutique, sa gorge se serre. Une nouvelle journée de travail commence. Le patron l'accueille de son sourire clinquant : une rangée de dents dorées, un must have chez les camarades du secteur PST, les petits dirigeants. Le gouvernement voudrait convaincre la populace que l'égalité est acquise pour tous, il n'en est rien. La société n'a jamais été si structurée, hiérarchisée.

Sonya n'a aucune peine à le constater, elle était étudiante en sociologie dans une autre vie.

— Dépêchez Sonya, vous avez votre vitrine à décorer puis vous prendrez fonction à partir de 10 h 35. Il faudra être un peu plus efficace qu'hier, ne lésinez pas sur l'accroche au client.

Elle baisse la tête, soumise, et file vers son stand. Il n'y a pour elle aucune alternative.

S'ils ne s'étaient pas mariés sur un coup de tête, tout aurait été différent, si différent...

Dans la petite pièce, elle dispose de nouveaux objets choisis avec soin dans la réserve. Cette semaine, elle opte pour un camaïeu de rouge. Cette couleur fait ressortir sa peau noire et attire le regard. Elle doit absolument améliorer ses statistiques. Le mois dernier, les crédits récoltés ont à peine pu rembourser sa redevance.

Son genou droit la fait de plus en plus souffrir, pourtant elle ne pourra jamais accéder à l'implant, il ne faut pas rêver. Alors elle apprend à vivre avec cette douleur, à la maintenir cachée aussi. Couchée dans son lit le soir, elle en vient même à la chérir. Elle se glisse à l'intérieur et savoure ses élancements invisibles. Non pas qu'elle soit masochiste, loin de là, cependant cette sensation l'ancre dans le moment et occupe tant son corps que ses pensées. C'est mieux ainsi, certains recoins de sa mémoire n'ont pas besoin d'être visités.

Il est 10 h 34, le rideau va s'écarter d'un moment à l'autre. Elle s'installe sur le tabouret haut, coiffée et maquillée à l'aveugle ; elle est devenue maîtresse dans cet art qui la tient éloignée des miroirs.

Sa tenue de vendeuse met en valeur ses longues jambes et sa poitrine encore haute et ferme. Elle espère tout autant qu'elle redoute de nombreux clients pour cette journée.

Ça y est, la lumière du jour inonde la pièce par la vitrine. Un ciel d'un bleu intense apparaît entre les immeubles. On a peine à croire qu'il puisse abriter tant de produits toxiques, et pourtant...

Attirés par le mouvement du velours, quelques passants jettent un œil. Certains détournent le regard, prudes, tandis que d'autres profitent sans gêne du spectacle.

Seize années de cette mascarade, et toujours autant de honte au fond d'elle. La nausée ne la quitte jamais. Aujourd'hui encore, elle donnera son corps contre quelques crédits. Elle a depuis longtemps perdu tout espoir d'y changer quoi que ce soit. Elle est comme une mouche prise dans une toile d'araignée. Plus elle cherche à fuir et plus les fils se resserrent autour d'elle.

Comme chaque soir, elle est exténuée, le corps meurtri tout autant que l'âme. Sous la douche, elle se dépêche de savonner chaque centimètre carré de sa peau. L'eau ne coulera pas longtemps, elle ne veut pas se retrouver encore à demi mousseuse lorsque le compteur se bloquera.

Quand elle se faufile dans la rue, elle est accueillie par une fraîcheur bienvenue. Le vent souffle toujours avec force, jouant avec les mèches de ses courts cheveux bouclés. La miss météo du matin s'affiche sur tous les écrans géants placardés aux immeubles.

— Décidément, elle me poursuit celle-ci, grommelle Sonya.

Elle ne saurait expliquer son dégoût à l'encontre de la présentatrice, il est viscéral. Enfin, l'animatrice quitte le plateau dans un ondulé de hanches digne d'une péripatéticienne.

— Je devrais peut-être m'en inspirer...

Sonya ricane intérieurement.

Une voix masculine retentit dans l'avenue et l'image « flash spécial » se met à clignoter sur les téléviseurs.

— Avis à tous les camarades de l'État, un groupe de colons sera désigné dans la journée de demain. Une navette spatiale va en effet être appareillée le mois prochain à destination de Terra Udaljen. Cette fois-ci, dix camarades auront la chance de rejoindre notre colonie extraterrestre. Ils seront sélectionnés sur leurs aptitudes physiques ou génétiques pour offrir à l'univers le meilleur de l'humanité. Un nouveau départ, une nouvelle chance pour le peuple ! Restez connectés pour découvrir ces dix chanceux...

Des images apparaissent : les hommes et les femmes des précédentes missions embarquant dans un vaisseau, ces mêmes personnes posant le pied sur un territoire couvert d'une végétation luxuriante. Cela fait longtemps que la planète Terre ne présente plus que des déserts arides. Les produits sont cultivés sous serre, seules quelques variétés comestibles ont réussi à s'adapter aux nouvelles conditions environnementales.

Quelques variétés, et les humains…

Encore que l'espèce est moribonde, elle ne survit que grâce à la technique et à la médecine. Cela fait longtemps que les utérus sont aussi stériles que les sols des campagnes. L'humanité se meurt.

Et elle trouve encore le moyen d'aller foutre sa merde plus loin…

Les scientifiques accueillis sur les plateaux télé racontent que sur Terra Udaljen, l'air est si pur, qu'il régénère les corps. D'après les derniers retours, trois enfants y sont même nés depuis le début de la colonisation. La sélection génétique rigoureuse effectuée en amont y a sûrement contribué également.

Sonya pense à son mari, Érik. Il est mort depuis dix-sept ans maintenant, mais sa présence lui manque toujours autant. Elle le revoit dans son déguisement ridicule d'Halloween, le soir de leur rencontre. Il lui avait suffi de quelques mots pour la charmer. Jeune militaire de carrière, il était aussi drôle que tendre, aussi brillant que spirituel. Quand la guerre avait éclaté, ils vivaient ensemble depuis trois ans et avaient cru bon se marier en vitesse, par sécurité.

Sonya laisse échapper un rire moqueur. S'ils avaient su...

Érik avait laissé sa vie dans ce conflit et sa veuve avait été jugée comme collaboratrice. Il ne faisait pas bon se retrouver dans le clan des perdants.

Dans sa mansuétude, l'État lui avait proposé un arrangement. Elle n'avait eu d'autre choix que de l'accepter. Aujourd'hui encore elle en payait le prix.

Ce matin à nouveau, la lumière des WC hésite avant de passer au vert. Elle ne se sent pourtant pas malade, mais l'espoir reste présent. Si elle déclare ne serait-ce qu'un gros rhume, elle sera excusée au travail tout en touchant ses crédits. Une aubaine. On raconte que certains dealent des flacons remplis de microbes sur le marché noir. Sonya n'y croit pas vraiment, le risque serait trop grand. L'État est passé maître en l'art de la surveillance, les microcaméras fourmillent sur tout le territoire autant que les miliciens, aucun écart n'est permis.

Lorsque la pause du midi arrive, elle a déjà traité avec quatre clients, c'est une bonne journée. Dans le réfectoire, elle s'assied à l'écart de ses collègues. Elle ne parvient à lier amitié ni avec les uns, ni avec les autres. Elle est bien trop solitaire pour cela. Alors elle avale sa ration en regardant les informations qui tournent en boucle à la télévision.

Le conflit armé continue de faire rage entre l'Océanie et l'Amérique du Sud.

L'Amérique du Nord est toujours en pleine guerre civile.

L'Afrique est apaisée depuis que l'État a repris les rênes de sa gouvernance.

Dans l'État, tout va au mieux : la science permet de repousser la vieillesse ; un chirurgien a découvert une thérapie pour guérir les démences séniles ; les recherches sur le clonage humain se précisent, l'humanité renaîtra bientôt, tel un phœnix ; l'exploration de l'Antarctique a mis à jour de nouvelles ressources inestimables ; l'oca du Pérou va maintenant compter une nouvelle variété, encore plus savoureuse, permettant de diversifier les menus du peuple ; la camarade Sonya Beaulieu fait partie des sélectionnés par le comité génétique pour rejoindre Terra Udaljen...

Arrêt sur image.

Son visage remplit l'écran du réfectoire l'espace d'une seconde. Une simple seconde qui semble durer une éternité.

Elle se rend compte qu'elle a cessé de respirer. Tous les regards sont tournés vers elle. Jaloux, haineux même. Une haine contenue, personne n'oserait le moindre geste contre elle, les risques seraient bien trop grands. Et pourtant, leur ressentiment transpire. Comment pourrait-elle leur en vouloir ? Elle va quitter cet enfer. Elle a peine à y croire. Va-t-elle vraiment retrouver possession de son corps ?

En même temps, une douleur serre ses entrailles.

Quitter la Terre, ne plus jamais *la* revoir...

Un petit groupe de miliciens est venu la cueillir à la sortie du travail pour l'escorter. Si lors de la première sélection l'un des candidats avait été assassiné, l'effroyable châtiment avait passé l'envie à quiconque de s'y hasarder à nouveau. Une protection était malgré tout depuis assurée aux colons en devenir, plus par décorum que par réelle utilité.

Dans la voiture, Sonya reste silencieuse, encadrée par deux hommes en uniformes bruns. On la conduit jusqu'à un somptueux bâtiment de pierre. Lorsqu'elle descend du véhicule, elle est assaillie par des journalistes qui la prennent en photos et la pressent de questions :

— Camarade Beaulieu, c'est un rêve éveillé pour vous, qu'avez-vous à transmettre à vos camarades ?

— Camarade Beaulieu, un commentaire ?

Elle ne parvient à articuler aucun mot. Son esprit ressemble à une coquille vide. Elle ne pense plus et se contente de suivre les instructions des soldats.

On l'abandonne finalement dans une suite luxueuse. Elle se retrouve seule, les bras ballants, au milieu d'un imposant salon moquetté. La télévision allumée diffuse une émission sur les missions humanitaires en Afrique.

Perdue, elle finit par s'asseoir dans un fauteuil moelleux et se laisse absorber par l'écran.

C'est son propre visage qui la sort de cet état d'hypnose.

Elle avise le téléphone non loin et décroche.

— Standard bonjour.

— Bonjour Camarade, je suis la camarade Sonya Beaulieu, j'aimerais rencontrer le responsable des colons, s'il vous plaît.

L'audience a été accordée, elle n'y croyait guère. Sa requête également, elle y croyait encore moins. Le responsable des colons s'était contenté de hocher la tête, sans laisser transparaître aucune émotion sur son visage lifté. Le lendemain, c'est en hélicoptère qu'on l'a menée jusqu'au centre de réadaptation de l'État. À présent, elle patiente dans cette salle aux murs blancs. Une musique classique passe en sourdine, cela change tellement des rythmes effrénés de la télévision. Tout est si calme ici.

Entre ses doigts, elle tient une photographie chiffonnée. On lui a permis de récupérer ses objets personnels et depuis, cette image ne la quitte plus. Osera-t-elle la regarder avant l'arrivée du médecin ?

— Camarade Beaulieu ?

Trop tard. Elle glisse son précieux bien dans la poche arrière de son pantalon et suit le docteur.

— C'est ici, vous avez trente minutes.

Elle le remercie. Sa main reste un instant en suspend au-dessus de la poignée de la porte puis elle ose enfin ouvrir et s'engouffre dans la pièce.

C'est lumineux. Une commode, un bureau, une reproduction de tableau de maître fixé au mur, un lit d'apparence confortable. Ses sacrifices n'étaient pas vains.

Elle est là, assise en tailleur sur le lit.

Elle se balance doucement en chantonnant.

Son regard semble tourné vers un autre monde.

Ses jambes sont aussi longues que les siennes. Sa peau métissée paraît veloutée, Sonya aimerait tant la toucher. Elle sait pourtant que l'idée n'est pas bonne.

Tout doucement, elle s'approche et s'accroupit près de l'adolescente.

Presque dix-huit ans. Elle est si belle.

Elle reconnaît en elle ses propres yeux en amande, le nez fin d'Érik.

Des larmes se mettent à couler le long de ses joues, la détresse explose. Elle voudrait tant la serrer contre elle. Au lieu de quoi, elle murmure :

— Ma chérie, je suis venue te dire au revoir. L'État va continuer de prendre soin de toi, c'est prévu dans le contrat, je ne t'abandonne pas.

Sa voix se casse. Sa fille ne réagit pas, elle ne semble pas la voir.

— J'aurais tellement aimé que les choses se passent différemment. Ils ne m'ont pas laissé le choix...

Le diagnostic d'autisme avait été posé rapidement après la naissance d'Emma. Elle s'y était faite, à ce bébé qui ne se lovait jamais contre elle et qui n'accrochait pas son regard... Cela n'avait jamais empêché l'amour d'éclore et de régner en maître.

Quand le pays était tombé aux mains du Petit Père, Sonya avait eu deux options : la peine de mort pour elle et sa fille ou servir l'État comme prostituée en assurant des soins pour Emma. Elle n'avait pas hésité une seule seconde.

On avait vite constaté que les naissances se faisaient rares malgré les progrès de la procréation médicalement assistée. Emma faisait partie des derniers enfants conçus naturellement. Des derniers enfants tout court, même. Un enfant pas comme les autres, mais un enfant malgré tout, digne de tendresse et de sacrifices.

Sonya se souvient de l'odeur si douce de sa fille à la naissance, un peu comme celle d'un biscuit. Elle donnerait cher pour revivre ces moments une fois encore.

Elle approche le visage du cou d'Emma et hume l'air. Au-delà des senteurs médicales, le mammifère en elle perçoit cette petite note sucrée propre à son enfant. Elle ferme les yeux et emprisonne ce moment dans son esprit pour le garder à jamais.

On frappe à la porte, déjà. La demi-heure est passée si vite.

— Je t'aime Emma, à jamais. Jusqu'à Terra Udaljen, et retour.

Ils ont commencé les entraînements. Ils n'ont qu'un mois pour se préparer, c'est peu. Des caméras filment tous leurs exercices. Dans un grand hangar intégralement peint en vert, ils s'essaient à marcher en combinaison spatiale, testent les sièges des navettes et s'habituent aux accélérations foudroyantes...

C'est épuisant parfois, mais une vraie bouffée d'air à côté de son travail de prostituée. Il faut certes camoufler cette vilaine douleur au genou, pourtant cela semble une bagatelle. Sonya se prend à rêver. Après tout, elle a peut-être mérité ce nouveau départ ?

Les neuf autres désignés se révèlent sympathiques. Ce sont tous des camarades de basse extraction. La nourriture est excellente, le logis bien loin du dortoir surpeuplé auquel elle s'était habituée depuis plus de dix ans. Que demander de plus ?

Ce matin encore, une nausée vient cueillir Sonya dès le réveil. Le départ est prévu le lendemain. Serait-ce juste du stress ? Un doute commence toutefois à s'insinuer en elle. Elle sait que c'est peu probable, mais elle sent au creux de son utérus comme une petite boule d'énergie. Et si un fœtus s'était logé en elle ? Ce n'étaient pas les occasions qui manquaient avec son métier... Elle n'a plus vingt ans, et sa réserve ovarienne est ridicule, certes ; sans compter que les spermatozoïdes gagnants sont aux abonnés absents chez plus de 99 % des hommes, bien sûr. Mais si elle était enceinte ? Cela expliquerait les réactions surprenantes de la LED médicale dans les urinoirs. Dans ce cas, pourquoi n'avait-elle pas été convoquée par les services médicaux de l'État ?

Elle n'a pas le temps d'y penser davantage, car la sonnerie retentit, l'invitant à rejoindre ses collègues dans le petit salon. Un discours doit être prononcé par Fiona Evaro, la camarade en chef chargée de l'exploration spatiale. Autant dire qu'elle n'a pas le droit à la moindre seconde de retard.

Quand elle s'installe autour de la grande table ronde, les odeurs de pain frais et de viennoiseries chaudes lui retournent l'estomac. Elle doit se contenir pour ne pas laisser voir son haut-le-cœur irrépressible. Incapable de se concentrer sur le laïus de la responsable, elle garde les yeux baissés, faussement recueillie.

— Mangeons camarades !, achève la femme en levant son verre.

Un serveur distribue à chacun un plateau contenant un verre de fruit pressé, une petite miche de pain et un croissant. C'est un luxe extraordinaire et Sonya se sent incapable d'en profiter. Quelle injustice ! Depuis combien d'années doit-elle se contenter de porridge insipide ? Elle espère au moins que les cultures de Terra Udaljen sauront lui offrir des mets plus savoureux. Elle mange du bout des lèvres, mais boit avec avidité le jus frais.

De chaque côté de Sonya, les gens rient, parlent fort. Sa tête tourne, elle se sent au plus mal. Sa vision se brouille. Elle cligne des yeux, se force à garder le dos droit. En face, la camarade Roberta paraît osciller à son tour. Que se passe-t-il soudain ? Autour d'elle, c'est une hécatombe, hommes et femmes s'écroulent, à l'exception de Fiona qui continue de siroter sa boisson. Sonya ne parvient plus à tenir, elle glisse au sol, inconsciente.

— Celle-ci se réveille camarade Paola !

— C'est normal, c'est la matrice. Il ne fallait pas trop doser le sédatif pour éviter de nuire au fœtus. Attachez-la bien, nous allons l'ausculter, mais je dois d'abord en finir avec les organes de celui-ci.

Sonya sent que ses membres sont emprisonnés dans des sangles serrées. Elle éprouve des difficultés à ouvrir les yeux, mais entend un bruit de succion écœurant et comme des couverts qui s'entrechoquent.

— Voilà camarade Mathieu, vous pouvez apporter le cœur en salle de transplantation 34. Nous en avons fini pour ce corps. Il nous reste encore la matrice et le poumon.

La femme s'approche. Ses chaussures crissent sur le sol à chacun de ses pas. Sonya sent qu'on soulève le drap qui la recouvre puis on palpe son ventre. Sans ménagement, un objet est introduit dans son vagin. On appuie sur quelques boutons et un son retentit, comme celui d'une locomotive passant au loin. Sonya reconnaîtrait ce bruit entre tous... Elle porte la vie ! Un petit cœur bat au creux de son utérus.

— Parfait, tout est parfait ! Ramenez la femme dans sa cellule, je prépare une ordonnance avec les compléments alimentaires adéquats. Nous ne pouvons pas nous permettre de perdre ce fœtus, ils sont trop rares.

Sonya n'ose pas ouvrir les yeux pendant qu'on la transporte en brancard. Elle n'ira pas sur Terra Udaljen, cette planète existe-t-elle seulement ? Elle repense aux entraînements dans le hangar vert. Comment ont-ils pu être si dupes ? Grâce à l'animation 3D, le peuple entier les verra embarquer puis décoller pour l'espace. Quelle idiote elle a été de croire à cette supercherie du Petit Père !

Pourtant, alors que les roues grincent sur le lino, un espoir fou commence à germer. Neuf mois de grossesse, un allaitement... Elle saura faire pression pour que ce dernier dure le plus longtemps possible. Ils ne pourront pas refuser, ils sont conscients des bénéfices pour la santé de ce petit miracle d'humanité. Sonya se souvient parfaitement des études scientifiques à ce sujet, elle a bien assez fréquenté les réunions de la ligue du lait lors de sa première grossesse. Elle a au moins trente mois devant elle avant de devenir un vulgaire sac d'organes. Trente mois pour profiter de ce nouvel enfant. Une seconde chance, pas celle attendue, mais un nouveau départ à ne pas rater...

Sans retour

Inédit

Une douleur.

Intense.

Que m'arrive-t-il ?

J'ai tout oublié de la souffrance physique, englué depuis tant et tant de cycles dans ces limbes monstrueux. J'ai même peine à la reconnaître. Pourquoi est-elle de retour ? Que s'est-il passé ?

Mon âme cherche le chemin de la mémoire. Elle se débat, s'emmêle dans des évocations inqualifiables. Puis, soudain, une couleur, un son, une forme... Les images affluent, sans logique ni chronologie. J'ai le tournis, l'univers entier vacille. Je ressens subitement la présence du corps enveloppant désormais mon esprit, l'impression d'avoir enfilé un gant mille fois trop étroit. C'est inconfortable et pourtant porteur d'un espoir si grand... J'ai l'intuition de n'avoir qu'une paupière à soulever pour confirmer ce miracle, mais j'en suis incapable pour le moment. Tourné vers mes sensations internes et les images qui fourmillent, je fouille au plus profond de moi et laisse remonter les souvenirs d'antan.

Je viens d'emménager à Salka, dans une résidence d'étudiants. Malgré ma condition modeste, moi, Mati, me voilà assis parmi l'élite, prêt à découvrir les mystères du corps humain. C'est grâce à une bourse royale qui récompense ainsi chaque année une poignée de besogneux des campagnes. J'ai toujours été curieux, plutôt dégourdi et doté d'une bonne mémoire. Ce cursus médical est une évidence. Soigner mon prochain, j'en rêve depuis si longtemps !

Lorsque je ne suis pas en formation, je flâne dans les rues colorées de la capitale. Des échoppes multicolores égaient la basse ville. Le flot incessant de passants me fait tourner la tête. Je ne suis qu'un simple fils de paysans. Tout ce raffut, ces odeurs et ces étals titillent mes sens jusqu'à l'épuisement. Pourtant je suis bien, heureux, serein même.

Souvent, mes balades m'emmènent jusqu'au palais chatoyant de notre bien-aimée reine. Parfois je l'imagine dans ses jardins fleuris, se promenant tranquillement, elle aussi. Mais je sais que ce n'est que fantasme et j'ai conscience du travail énorme que nécessite son rang. La politique ne laisse guère le temps de flâner. Elle enchaîne plus probablement réunions et œuvres de charité qui lui tiennent à cœur. Notre reine n'est pas mondaine, c'est un fait connu.

Comme il fait bon revisiter la ville qui m'a adopté. Mes longs cheveux châtains volent avec légèreté tandis qu'une douce brise caresse mon visage. Mes songes m'entraînent, je redécouvre chaque rue jusqu'à *la* rencontrer, à nouveau...

Je viens de passer une journée d'examen intense. Seul devant un parterre de futurs confrères et consœurs, j'ai dû analyser des cas fictifs et sortir un maximum de ma science. Je crois qu'ils ont été épatés, tant par mon savoir que par mon bon sens. Après cet interrogatoire éreintant, chacun est venu serrer ma main. Dès demain, je pourrai me présenter au dispensaire pour entamer ma formation pratique. Enfin, j'entrerai en contact avec de véritables patients. Il ne fait plus aucun doute maintenant que je serai bel et bien médecin. La barrière la plus ardue a été franchie, non sans difficulté. Mon travail est récompensé. Vimula est le pays de l'égalité des chances, j'en suis un digne représentant. Ce soir, je vais déposer un don à la fondation de la reine. Mes moyens sont minimes, puisque je n'ai encore reçu aucun salaire, j'ai pourtant à cœur de donner un peu en échange de ses largesses. Je sais qu'une petite frange de la population survit grâce à ce lieu de redistribution et notre souveraine n'est pas la dernière à l'alimenter. Même sa fille, la toute jeune princesse Félicité, y dépose régulièrement ses jouets anciens et vêtements devenus trop petits.

Quelques fruits au creux des bras, je pénètre dans le temple de pierre blanche. Un bénévole m'indique une table. Après une courte prière, je place mon offrande dans un saladier puis m'éloigne. Soudain, à la lueur des flambeaux, une chevelure blonde apparaît qui capte mon regard. Me voici comme un papillon de nuit irrésistiblement attiré par une flamme.

Elle est menue, de taille moyenne et un rire perlé s'échappe de sa gorge délicate tandis qu'elle échange avec un vieil homme. Elle porte la tenue blanche des volontaires. Tout en elle me séduit et me donne l'envie de la connaître. J'ai l'intuition un peu folle que son esprit me charmera plus encore. Comment l'approcher sans l'effrayer ? Sans passer pour un lourdaud ? Après un instant d'hésitation, je me jette à l'eau.

— Bonsoir. Désolé de vous déranger… Pourriez-vous m'expliquer la démarche pour devenir bénévole comme vous ?

Elle se retourne et je découvre un regard vert emprunt d'une vive intelligence. Elle est un peu plus jeune que je ne le pensais. Deux ou trois cycles de moins que moi, probablement. Sa voix douce est teintée d'une belle assurance. Je ressens une forte personnalité et cela me plaît davantage encore. Le coup de foudre existe-t-il réellement ?

Si l'on en croit certaines légendes, gravitent dans notre monde des petites fées invisibles chargées de réunir les âmes sœurs. Si ce conte dit vrai, je sais que je viens de croiser la mienne. Mon cœur, mon corps, mon âme… mon être entier aspire à vivre auprès de cette femme dont j'ignore encore le nom.

Sila. Elle s'appelait Sila.

J'ai su la séduire, moi, le simple fils de paysans, tandis qu'elle m'envoûtait davantage à chaque rencontre. Elle était la plus jeune fille d'un couple de marchands d'étoffes de la moyenne ville. Nous nous sommes fréquentés un long moment avant d'emménager ensemble dans un petit appartement, à proximité de mon dispensaire. Sila ne souhaitait pas poursuivre dans la même branche que ses parents. Elle sculptait de petites figurines de bois depuis son plus jeune âge. L'art ne permettait pas de générer de gros revenus, mais mon salaire de médecin suffirait à assurer une vie décente. Nous étions heureux, pleins d'insouciance et si optimistes. Une vie de douceurs s'offrait à nous.

C'était sans compter sur *Lui*, le Rebelle…

Le roi était de retour à Salka. Fait assez inhabituel, puisqu'il résidait le plus souvent à l'ouest du pays, dans la seconde capitale. La division géographique du pouvoir vimulien était une base du royaume : un couple se partageait équitablement la gérance de manière à éviter trop de pouvoirs entre les mêmes mains. Si le modèle n'était pas parfait, il offrait un certain garde-fou non négligeable.

Il est resté au palais de la reine un spattus entier puis il a rejoint sa ville en compagnie de sa garnison et de sa fille.

Des rumeurs commençaient à gonfler. On parlait d'un ancien soldat renégat qui montait une armée composée uniquement d'hommes. Fait étrange. Il était pourtant de notoriété publique que les militaires de sexe féminin constituaient de bien meilleurs partis pour certains postes. On racontait aussi qu'il s'en prenait aux femmes infertiles ou trop âgées pour concevoir, les brûlant sur son passage. La peur s'insinuait dans mon pays si calme.

De nouvelles images affluent...

La soirée est fraîche, les premières étoiles viennent d'apparaître et la main de Sila est au creux de la mienne. Elle a posé sa tête sur mon épaule tandis que nous attendons l'ouverture du théâtre. Nous aimons tant ces moments de tendresse et de partage. Un simple regard gonfle mon cœur d'un amour infini. Ô ma douce, avant de te rencontrer, je n'aurais jamais imaginé qu'un sentiment si puissant puisse exister.

Soudain, un éclat de voix retentit. C'est un crieur public qui profite de la longue file de spectateurs pour énoncer ses nouvelles.

— Le roi est mort ! Sa capitale est tombée aux mains du Rebelle. La princesse est retenue captive et l'armée du renégat se dirige vers Salka. Un couvre-feu est décrété sur ordres de la reine. Tout vimulien en âge de combattre est invité à se rendre dès demain aux casernes royales.

Un frisson d'effroi parcourt la rue. On se met à chuchoter. Un homme panique et hurle des propos incompréhensibles.

Je reste froid, immobile, ma main entourant toujours celle de mon aimée. Nos yeux se croisent : stupeur, frayeur... Je ne peux y croire, c'est trop fou, improbable, brutal... Mon avenir, notre avenir, tout se brouille.

L'équipe médicale a été réquisitionnée par l'armée. J'ai au moins l'impression de servir à quelque chose dans ce combat perdu d'avance. Comment ce Rebelle, comme il s'autoproclame, a-t-il pu réunir une armée si conséquente ? Il joue sur une guerre des sexes qui me semble si ridicule. Il attise la haine avec une maîtrise démoniaque. Il aurait à sa solde de nombreux magiciens d'un nouveau genre. Il les appelle des chamans. Sont-ils responsables de ce déferlement de haine entre hommes et femmes ?

Pour Sila et moi, rien n'a changé, mais j'ai remarqué plus de frictions entre mes collègues de sexe opposé. Dans la rue aussi, des bagarres éclatent à la moindre excuse. Tout ceci devient trop étrange.

Pendant que j'officie, Sila taille arcs, arbalètes, flèches et carreaux. Sa connaissance du bois est une aubaine pour l'armurerie. Elle a subi une formation accélérée et travaille maintenant tout le jour durant. Lorsqu'elle rentre, ses mains sont usées d'avoir tant sculpté. Je passe de longs mi-chiffres à les oindre afin qu'elle supporte le lendemain. Le soir venu, nous n'avons souvent plus assez d'énergie pour unir nos corps et nous endormons simplement dans les bras l'un de l'autre. Nos sangs sont gorgés de peur, une peur qui anesthésie nos êtres tout entiers.

Il a suffi d'une seule journée au Rebelle pour prendre la capitale. Les gens sont devenus fous : hommes et femmes se retournaient les uns contre les autres, à de rares exceptions. Sila et moi sommes ces exceptions. Nous avons réussi à rejoindre notre appartement et nous y sommes enfermés. Des patrouilles du Rebelle ont envahi les rues. Des crieurs à sa solde parcourent la ville en énonçant les nouvelles règles : les femmes fécondes doivent rester cloîtrées. Les fillettes seront remises au Rebelle pour recevoir une éducation spécifique due à leur sexe. Quant aux infertiles et aux vieilles, elles seront brûlées sur la place publique. Je n'y crois pas, les conjoints, les pères, les frères... aucun ne suivra ces ordres odieux, c'est impossible !

Et pourtant, quelques jours plus tard, une fumée âcre et une odeur de chairs brûlées se répandent dans la cité. Sila pleure en silence, je l'accompagne, interdit devant une telle horreur.

Les femmes sont de nouveau autorisées à sortir sous escorte masculine, mais j'ai réussi à convaincre Sila de rester cachée. On parle de viols en plein jour, sans compter les nombreux vols. Nos compagnes sont devenues aux yeux de tous de simples produits de consommation. J'en suis maintenant persuadé, ce sont les chamans qui nous manipulent avec leur sorcellerie. Il est impossible de changer des humains si vite.

Aujourd'hui, la curiosité a été plus forte : le Rebelle a fait annoncer une grande réunion devant le palais. Il y invite toute la population masculine et je suis présent. Tremblant de peur, mais présent.

— Mes bien chers sujets, grâce à mes chamans, vous serez tous aujourd'hui délivrés du joug de ces viles femelles. Elles n'auront d'autre choix que de répondre à vos ordres. Lorsque la ville sera protégée par le sort, je l'étendrai au pays tout entier. Mes chamans sont prêts ! C'est un monde nouveau qui s'ouvre à nous.

Il crie plus qu'il ne parle, agitant ses membres trapus. Son visage est déformé par une haine non contenue. Il m'effraye autant qu'il me fascine.

Les magiciens sont nombreux, plus de cent, réunis en cercle sur l'estrade. Chacun porte autour du cou une pierre d'ambre d'où émane une lueur inquiétante. Ils se tiennent les mains et psalmodient d'étranges sons incompréhensibles.

Un coup de tonnerre éclate brusquement au-dessus de nous. Je sursaute, comme la plupart des hommes autour de moi. Le ciel soudain s'assombrit puis disparaît. Une nouvelle détonation assourdissante, et une lumière diffuse a cette fois remplacé le Solénon. Je cherche l'astre diurne sans plus le trouver, pas plus que les nuages qui paraissaient jusqu'à présent au-dessus de la ville. Un frisson parcourt mon corps. Quel pacte inavouable ce Rebelle vient-il de tisser avec les Royaumes Inférieurs ? Puis, avec une lenteur infinie, le Solénon réapparaît, timidement.

Le Rebelle a repris la parole, mais je ne le comprends plus. Un bourreau exhibe le corps sans vie de la princesse puis c'est au tour de la reine d'être traînée de force sur la place publique. Ses vêtements sont déchirés jusqu'à ce qu'elle apparaisse dans toute sa nudité. Ses cheveux sont coupés sans ménagement.

— Observez mes chers sujets, observez cette « reine » que vous vénériez tant. Au moindre de mes mots elle est désormais suspendue.

Il se met à aboyer des ordres obscènes, un sourire mauvais sur les lèvres. Je vois la reine résister de toutes ses forces, mais son corps n'écoute plus que la voix du Rebelle et elle s'exécute avec humiliation. Je détourne le regard tandis qu'il la viole et la rabaisse ainsi en public. Autour de moi, les hommes semblent excités et joyeux devant ce spectacle désolant. Je ne comprends pas. Le sort semble inefficace sur moi. Pourquoi ?

Je n'ai plus le courage d'en voir davantage, je rebrousse chemin, bousculant mes congénères pour rejoindre mon domicile.

Nous avons décidé de fuir le pays. Il devient dangereux pour Sila de rester ici depuis que le sort a été lancé. Selon les crieurs de rue, il sera bientôt étendu au pays entier. Une religion est même en train de naître autour du chaman le plus puissant. Les gens y adhèrent en masse, ils sont bel et bien devenus fous !

Nos baluchons sont maigres. Nous avons privilégié les ressources alimentaires au détriment de tout le reste. La nuit est tombée, la lune autrefois ronde et argentée, présente un aspect sanglant. Comme déchirée, elle éclaire la ville de sa lumière blafarde en deux demi-ronds distincts. Dans les rues, les patrouilles sont moins nombreuses depuis que le sortilège a eu lieu. Je suppose que le Rebelle ignore qu'il ne fonctionne pas pour tout le monde. Je ne sais par quel miracle il a épargné notre couple, mais je remercie chaque jour les dieux pour ce don inestimable. Sans cela, serais-je en train de maltraiter mon aimée comme tant d'autres ?

Alors que nous trottons de ruelle en ruelle, de petits jets d'eau se mettent à monter du sol. Depuis que les nuages ont disparu, c'est ainsi que la terre est irriguée. Rapidement, mes chausses sont détrempées, mais je n'en ai cure. Mon attention tout entière est dirigée vers notre fuite. Sila court à mes côtés, le souffle saccadé. Allons-nous réussir à quitter Salka ?

À chaque pas, j'imagine des ombres se dresser contre nous ainsi que les tortures qu'ils infligeront à mon amour si nous sommes pris. Cela m'encourage à maintenir le rythme. Peut-être devrions-nous marcher afin de ne pas attirer les regards sur nous ? La peur est toutefois si grande qu'elle me force à hâter le pas encore. Il ne nous reste plus qu'une pi-longueur avant d'atteindre la muraille extérieure.

Un bruit sur notre droite. Je plaque Sila contre la maison que nous longeons. Une vigne vierge nous accueille dans ses fraîches feuilles. Ce n'est qu'un animal errant, nous reprenons notre route, les jambes un peu flageolantes.

La bouche des égouts nous permet de sortir malgré la fermeture nocturne des portes. C'est étroit et nauséabond, mais qu'importe. Je plongerais dans une fosse à purin si cela pouvait sauver Sila.

J'ai retrouvé ma campagne natale avec un vif soulagement. Lorsque nous croisons des paysans, Sila se contente d'adopter une attitude soumise et nous apparaissons comme de simples voyageurs. Je ne pensais pas qu'il serait si simple de s'enfuir.

Au premier village, j'ai troqué ce qu'il nous restait d'économie contre un cheval. Il est de constitution frêle, mais parvient à nous porter tous deux malgré tout. Nous faisons peu de pauses, dormant par petites touches. Un sentiment d'urgence nous étreint. Nous devons atteindre la frontière au plus vite.

Plus nous en approchons, et plus nous croisons des familles entières qui semblent fuir à l'opposé. Je ne comprends pas. Enfin, je parviens à arrêter l'un des groupes, le temps de poser quelques questions au doyen.

— C'est une malédiction !, me dit-on. Les dieux ont tenté d'arrêter le sort du Rebelle en faisant apparaître une forêt protectrice autour de notre pays, mais on murmure que les forces des Royaumes Inférieurs se sont emparées du bois. C'est une forêt maudite ! Elle fait disparaître les hommes, elle les avale. Personne n'en est revenu.

Je reste sceptique. Pourquoi une personne fuyant le pays serait-elle revenue sur ses pas ? Ces disparitions ne me semblent pas illogiques. Nous devons continuer coûte que coûte et Sila soutient chacune de mes décisions.

Il nous reste encore plusieurs jours de chevauchée, mais nous touchons au but. Bientôt, nous serons en sécurité dans la Grande Plaine du Nord.

Le Solénon vient à peine de se lever et la fraîcheur matinale nous entoure. Nous venons de quitter un bois jalonné de roches granitiques quand une large étendue stérile s'offre à nous. Le sol semble mort, la terre est à nu, comme retournée par un soc gigantesque. Je force le hongre à s'y engager. Il renâcle bruyamment, toutefois il se soumet. À quelques pi-longueurs, à l'issue de ce champ désertique, se dresse une immense forêt. C'est la fameuse « Forêt Maudite », la nouvelle frontière de notre défunt pays de liberté et d'égalité.

Tandis que nous arrivons à son orée, le cheval se cabre brusquement et nous tombons rudement sur le sol dur. Sans attendre son reste, la monture s'enfuit au triple galop, emportant avec elle une partie de nos bagages.

— Tout va bien, mon amour, me dit Sila en se relevant. Nous sommes ensemble, rien ne peut nous arriver maintenant. Laissons ce cheval et ne perdons plus un souffle. Nous devons quitter au plus vite Vimula, pour toi, pour moi, mais surtout pour lui...

Elle glisse une main sur son ventre encore plat et mon cœur explose d'une joie teintée d'inquiétude. Enceinte, Sila est enceinte ! Je l'enlace et l'embrasse. Nos corps se cherchent. Malgré mon angoisse, j'ai le besoin de m'unir à elle encore une fois ici, dans ce pays que j'ai tant aimé. Elle répond à mes caresses avec une fougue qui me laisse haletant. La peur rend l'échange étrange, bien que puissant.

Cette fois, nous devons bel et bien nous engager dans la Forêt Maudite. C'est Sila qui y pénètre en premier puis je la rejoins. Je glisse ma main dans la sienne et cherche un mot tendre à lui souffler, pourtant aucun son ne s'échappe plus de ma gorge ni de ma bouche. Un silence opaque nous entoure. Inquiet, je cherche à faire demi-tour pour vérifier que ma voix est toujours audible à l'extérieur de ce lieu, mais je me heurte à une barrière invisible. Impossible de faire demi-tour. Le vieux croisé quelques jours plus tôt avait raison. La frontière est désormais à sens unique.

Sila me tire vers l'avant. D'un simple regard, elle me fait comprendre que nous devons poursuivre, coûte que coûte.

Cette forêt est vraiment étrange. Outre l'absence de sons, je ne repère aucune forme de vie. Rien ne bouge. Tous les arbres semblent identiques : troncs larges et droits, feuillage haut. Au sol, un tapis d'herbe rase recouvre la terre exempte de feuilles mortes. Entre les éclaircies dans la canopée, un ciel noir comme le néant.

Nous marchons, un pas puis un autre, incapables de courir cette fois. L'ambiance est trop lourde.

J'ai l'impression de déambuler ici depuis des chiffres, des jours peut-être ? Aucune envie de manger, de me désaltérer ni d'uriner. Je me contente de mettre un pied devant l'autre, comme dans une transe hypnotique.

Enfin, le paysage change, laissant apparaître une rivière qui découpe la forêt comme une nouvelle frontière. De largeur moyenne, elle est bordée sur les deux rives d'arbres aux branches plus basses. Un sourire est apparu sur le visage fatigué de Sila. Je sais qu'elle aime nager et elle doit se réjouir à l'idée de traverser ce cours d'eau. Même dans les situations les plus terribles, mon aimée est capable d'enthousiasme et de joie. Mon admiration est sans borne.

Elle cale son baluchon dans son dos. La poignée de légumes racine qu'il nous reste ne s'indignera pas d'une petite baignade, et elle saute dans l'eau.

En une fraction de souffle, je perçois un malaise dans son regard et j'attrape la main de Sila. Mon visage se crispe sous l'effort. Elle semble plus lourde que d'habitude, comme si quelqu'un, ou quelque chose, l'attirait au fond de l'eau. Un cri muet s'échappe de ses lèvres. Son regard est empli d'une frayeur indicible. Entre mes doigts, sa main glisse, je n'arrive plus à la retenir. Sa tête est progressivement engloutie par les eaux. Elle semble souffrir. Elle a beau chercher à nager, l'onde ne parvient pas à la porter, comme si elle était suspendue au-dessus du vide. Des larmes de terreur inondent ses yeux et son visage. Sa bouche forme un dernier « je t'aime » et elle disparaît. Mes doigts ne serrent plus que le vide.

Depuis combien de temps suis-je assis au cœur de la Forêt Maudite, au bord de cette fausse rivière ? De cet appât ignoble qui a englouti mon aimée ?

La lueur blafarde qui éclairait le paysage sylvestre diminue brusquement, mais je n'en ai cure. Mon cœur saigne, je n'ai plus aucune raison de poursuivre ma route. Elle s'arrête ici, au sein de cette effroyable frontière.

Des ombres se glissent entre les arbres et m'entourent. La panique devrait s'emparer de moi, pourtant je reste comme anesthésié, trop effondré par la disparition de Sila pour ressentir quoi que ce soit d'autre qu'un incommensurable désespoir.

L'une des silhouettes m'atteint. Elle cherche à pénétrer mon corps, par le biais de mes oreilles. Une autre attaque alors, puis une autre : ma bouche, mon nez, mes yeux... sont pris d'assauts. La douleur est démesurée, mais elle n'est rien en comparaison de la perte de ma compagne. Je m'offre, sans résistance à ces êtres évanescents, à ces spectres immatériels.

Enfin, le néant tant attendu me dévore.

Je flotte désormais dans la Forêt Maudite. Je suis l'un d'entre eux. Je me glisse chaque nuit, si artificielle soit-elle, en quête de nouveaux êtres vivants à posséder. Les cycles se succèdent, j'oublie tout de moi. Je ne suis plus qu'un fantôme en attente de chair fraîche. Elle se fait rare pourtant, si rare, cette chair fraîche. Les cycles se suivent, monotones. Plus guère d'humain pour tenter de franchir notre frontière. Le monde est bien à l'abri de la folie du Rebelle.

Ectoplasme nocturne et informe, je déambule, solitaire, quand apparaît une forme mouvante. D'abord surpris, je dois me rendre à l'évidence : c'est une humaine ! Comme si un signal avait été lancé, une centaine d'entre nous émerge du sol et attaque. Elle résiste, c'est incroyable ! Je n'ai jamais vu tant de vigueur ni de détermination.

Je reste un moment interdit puis je *le* vois qui l'accompagne.

Et si… ?

Avec la vivacité de l'éclair, je m'élance et me jette sur lui. Il me suffit d'un souffle pour prendre possession de son corps. Il s'évanouit, m'entraînant avec lui dans l'inconscience.

Et si…

J'ai mal. Mal à la tête.

Jamais douleur ne m'aura paru si douce.

J'ai donc un corps maintenant !

J'ouvre enfin les yeux sur le monde, laissant mes souvenirs en retrait. Un ciel ponctué d'étoiles m'apparaît. La clarté de deux demi-lunes rouges baigne une campagne légèrement vallonnée.

Auprès de moi, je découvre une jeune fille endormie, roulée en boule dans un grand manteau noir.

C'est incroyable ! Elle est parvenue à traverser la Forêt Maudite. Là où tout le monde a échoué, elle a réussi !

Qui est-elle ? Ses longs cheveux noirs révèlent un visage fin et grave. Jeune, mais déjà si austère. Tellement loin de l'air enjoué de Sila. Mon cœur se serre à nouveau. Pourrais-je vivre sans elle ? Ai-je le droit de poursuivre malgré son absence ?

Je sais pourtant, au fond de moi, qu'elle serait heureuse de me savoir libéré de cette frontière maudite.

Un peu raide, j'étends mes ailes de rapace et sautille pour monter sur le dos de la fillette. Demain, je devrai probablement apprendre à voler, mais pour l'heure, il est temps de dormir.

Avec douceur, je me niche contre elle.

Merci, jeune fille. Merci de m'avoir arraché au mal.

Pour en savoir plus sur ce monde
et cette jeune fille brune, lisez le
roman *Balade avec les Astres*.

On les aime

Première parution :

Anthologie *Dementia*

Éditions Les Occultés

TOUT a commencé à cause de leur émission de merde. Quand ils m'ont contacté par téléphone, j'étais juste fier de présenter mon boulot, je me suis pas méfié. Le type était poli, il me caressait dans le sens du poil. Un peu trop, sûrement, j'aurais dû faire gaffe. Ils sont venus la semaine suivante — ils n'ont pas traîné — avec leur fourgonnette décorée du logo de la chaîne franco-boche. Il y avait juste le mec et une nana avec sa caméra. Elle était baraquée comme Dédé le camionneur, des tatouages partout. Une sale gouinasse, à mon avis. Lui, pomponné comme pour un mariage, dans ma cour boueuse après la saucée de la veille… Du délire !

Ils ont d'abord voulu visiter l'élevage et filmer mes installations. J'étais tout content d'expliquer le système des caillebotis. Mes cochons, comme quatre-vingt-dix pour cent des porcs français, vivent dans des bâtiments avec un sol ajouré. Un coup de jet et tout est propre, ça part direct dans la fosse. Et puis moi, je suis polyvalent, j'ai choisi de tout faire de A à Z parce que j'aime mes bêtes et que je veux les suivre jusqu'à la fin ! Je suis naisseur et engraisseur. J'élève mes truies et mes verrats, je fais naître mes porcelets et, après sevrage à vingt-huit jours, je les engraisse jusqu'à leurs quatre mois.

Quand ils ont commencé à me poser des questions un peu plus précises, j'aurais dû me douter qu'il y avait anguille sous roche : la castration, la découpe des queues, le meulage des dents… Ben ouais, on s'emmerde pas à anesthésier les p'tits cochons. T'imagines le budget et le temps que ça prendrait ! Mais c'est solide, un porcelet, faut pas s'inquiéter. On n'a que vingt pour cent de perte en moyenne, raisonnable quoi, ça reste rentable. Et puis c'est pour leur confort et le vôtre qu'on fait ça. Le mâle entier, c'est vachement moins fin au goût. Et si on coupait pas la queue et les dents, ils se boufferaient entre eux, les cons. Ils n'ont que ça à faire de leurs journées, se bouffer entre eux en braillant...

Après, ils ont commencé à vouloir en savoir plus sur les antibiotiques, sur l'euthanasie par assommage, sur les écoulements vers les rivières voisines et les algues vertes sur les côtes. Ça puait. J'ai calmé le jeu, je suis resté évasif.

Putain, je m'étais fait avoir par des écolo-bobos, à tous les coups.

Ils sont enfin repartis, il était pas loin de treize heures, je suis rentré à la maison pour bouffer. Y'avait rien de prêt, j'étais furax. J'ai appelé Coline en gueulant un peu. Elle avait pas voulu être présente pendant l'interview mais elle aurait quand même pu faire à manger !

Personne dans la maison, super louche... Je suis ressorti et j'ai entendu le tracteur qui tournait derrière le hangar. Mais qu'est-ce qu'elle foutait encore ?

La casseuse était en marche. Mais merde, je lui avais dit mille fois que c'était pas un travail pour les gonzesses, le bois !

En m'approchant, j'ai vu qu'elle était étendue par terre au milieu d'une flaque sombre. C'était pas normal, ça.

La conne, elle avait réussi à se prendre un éclat de bois pile dans l'artère fémorale. Vous y croyez, vous ? Faut vraiment pas avoir de bol. Elle s'est vidée, comme une truie. Seule. Je lui avais bien dit que c'était pas pour les femmes, ces engins-là, bordel.

Après, ça a vraiment commencé à être la merde pour de bon. Je me suis retrouvé avec les mioches à gérer en plus de l'exploitation et de la maison. Les gosses, c'est pas mon truc. Avant sept ou huit ans, ça sert à rien, un môme. Tout juste bon à piailler. Après, ok, ça peut aider un peu à la ferme et c'est cool. Mais là, le chieur de deux ans et la pisseuse de quatre. Comment vouliez-vous que je m'en sorte ?

La porte se referme derrière moi avec un bruit sourd. Je pose ma mallette et mes clés sur le tapis roulant, ôte ma ceinture... De l'autre côté du porche, je récupère mes affaires. Un signe au gardien et il m'ouvre la seconde porte.

— À vendredi !

Dehors, un vent frais et vif me cueille. Je resserre autour de mon cou ma longue écharpe en mohair.

Je viens d'hériter d'un sacré lascar. Dans le déni total en plus. Il y a vraiment des jours où je me demande pourquoi j'ai eu cette vocation. Psy en prison, non mais vraiment ! Sur le parking bondé, ma petite citadine m'attend sagement, rien de cassé, cette fois. Le mois dernier, quelqu'un a pété une vitre, comme ça, pour le plaisir probablement. Je n'ai jamais rien de valeur et ma voiture a un aspect bien miteux.

Je repense au type que je viens de rencontrer. Je n'arrive pas à me le sortir de la tête, celui-là. Il y en a quelques-uns, parfois, qui me font cet effet-là. L'alliance thérapeutique n'est pas gagnée. En plus d'être un beauf sexiste, il est visiblement raciste. Mon teint est trop foncé pour lui. Manquerait plus qu'il connaisse mon orientation sexuelle et je finirais probablement éviscéré sur place. Enfin, de mon côté, je sais rester pro, mes avis personnels n'entrent pas en jeu quand je suis en séance.

Arrivé à l'appartement, je glisse un CD dans la chaîne. Il a un peu de mal à se lancer. Il va vraiment falloir qu'on investisse dans plus moderne. Ça devient agaçant à la longue. Je vais noter ça dans notre boîte à idées. On en manque toujours à Noël.

Je m'installe dans le canapé, les pieds croisés sur la table basse et sors une pochette grise.

Pierrick Quiguer, 34 ans, exploitant agricole, Morbihan.

Je relis les rapports de police, les comptes-rendus d'audience.

Perpète.

Tu m'étonnes !

La porte s'ouvre, Yann rentre avec un grand « bonsoir ! » puis vient m'embrasser.

— As-tu passé une bonne journée ?

— La routine !, qu'il me répond.

Yann est assureur.

— Et toi ?

— La routine aussi !

— Tu bosses encore ?, me fait-il avec un léger reproche dans la voix.

— Je relis juste quelques documents. Un nouveau patient...

— Ok. Je prépare le repas. Dans trente minutes, je ne veux plus voir aucun dossier de sorti ! Ça marche ?

J'acquiesce avec un large sourire. Que ferais-je sans lui ?

Quand la nounou m'a planté, j'ai cru que le monde s'écroulait. Cette bonne à rien s'est retrouvée hospitalisée, pas de remplaçante, nada. Une honte. Il a fallu que je gère les mômes en plus des cochons. Pour couronner le tout, c'était les grandes vacances et je me les cognais vingt-quatre sur vingt-quatre. Je dormais à peine quelques heures par nuit. La grande faisait des cauchemars, le petit pissait au lit. L'enfer.

J'ai pris l'habitude de les emmener avec moi dans la journée. Ils étaient contents de profiter des p'tits cochons. Dans le fond, j'étais apaisé de les voir sourire. C'est que, malgré tout, je les aime, mes gosses, moi. C'est juste que je sais pas y faire. Sans Coline, c'était dur, vraiment très dur.

Comme mes paternels sont morts — cancer de la gorge pour mon père, du côlon pour ma mère — et que ceux de ma femme sont cramés — Parkinson carabiné pour le vieux et Alzheimer pour la vieille — on forme une sacrée famille, ouais, je sais !

Bref, je pouvais pas compter sur eux pour les mioches.

Là-dessus, le reportage est passé à la télé. J'ai cru devenir fou. Ces enfoirés avaient tout déformé. Et la souffrance animale blablabla, et la pollution blablabla, et les risques sanitaires avec l'antibiorésistance... Et le grand méchant, dans tout ça ? Trop facile, c'était moi ! J'étais furax ! Alors quand le môme a pissé encore une fois dans son lit, je me suis dit que j'allais le punir un peu, pour lui apprendre, quoi. Avec les caillebotis, il suffit d'un coup de jet, pas besoin de changer les draps et de lancer une machine. Vous comprenez, hein ?

Je hoche la tête tandis que mon patient poursuit son monologue. De temps en temps, je prends une note. J'essaye de garder un air ouvert et plein de compassion. Je pense à ma demande d'adoption qui n'aboutira probablement jamais.

La séance se termine enfin. C'est le dernier de la journée. Je quitte la prison, retrouve ma voiture et ma liste de courses. Au supermarché, les rayons débordent de jouets, les chants de

Noël retentissent, un fauteuil doré a été installé au milieu de rennes en peluche. Des parents, tour à tour attendris et agacés, font la queue dans l'espoir d'une photo où leur chérubin ne pleurera pas sur les genoux du vieux à la barbe blanche en toc.

J'ai mal à l'estomac, une subite envie de vomir. Je m'éloigne en vitesse avec mon Caddie. Plus vite il sera plein et plus vite je serai à la maison. Yann sera déjà là, probablement en train de m'attendre avec un petit dîner aux chandelles. C'est le dix-huit décembre aujourd'hui, notre anniversaire de rencontre. Dix années d'amour, d'amitié, de passion...

Lorsque j'ouvre maladroitement la porte de l'appart du coude, il jaillit pour m'aider à porter les sacs jusqu'à la cuisine et m'embrasse avec fougue.

— Bonsoir, mon cœur. Joyeux anniversaire !

Les courses sont déballées en un rien de temps puis il me guide jusqu'au canapé et me sert une coupe de champagne. La table basse est couverte de toasts et de petits-fours chauds. Il a dû passer l'après-midi à cuisiner.

Mes sentiments s'emmêlent, j'ai à la fois envie de pleurer et de me réjouir. Étrange journée que ce vendredi...

C'était pratique finalement, vous voyez. L'a juste fallu que j'ajoute une clôture électrifiée sinon ils arrivaient à sortir. J'avais mis quelques jouets, ils étaient bien lotis. Il fait bon dans les hangars, faut pas croire. Au moins, ils ne risquaient rien.

Là où j'ai merdé, c'est quand ma fille a réclamé un porcelet pour lui faire des câlins. J'aurais pas dû céder...

Le pâle soleil matinal de décembre s'est glissé à travers les rideaux entrouverts. J'ai posé les yeux sur le visage paisible de Yann. Mon cœur s'est gonflé de joie et d'amour. Au fond, j'avais de la chance. Après dix ans, quels couples se réveillent encore chaque jour avec autant de tendresse en eux ?

Je l'ai sorti de son sommeil à grand renfort de caresses. Nous avons fait l'amour, encore, avec douceur et ferveur à la fois.

Le petiot, il était pas toujours gentil avec le cochonnet, même s'il faisait pas exprès. Alors dès que j'ouvrais, ça essayait de se carapater. Quand il a finalement réussi, ma fille s'est mise à lui courir après. Elle y tenait à son porcelet ! C'est une gamine qui aime les animaux, comme son papa.

Ils ont foncé comme des fous vers la cour. Ce con de cochon est parti en direction de la route et bim ! Il est passé sous les roues d'une bagnole. Ça roule pas mal à côté de l'exploitation. Le type s'est même pas arrêté. La gamine, elle était en larmes près de la charpie. Je savais pas comment la consoler. Déjà quand leur mère est morte, j'ai pas su… Je l'ai prise dans mes bras, je l'ai ramenée dans le hangar. Je lui ai promis un autre petit, mais elle arrêtait pas de chialer pour autant. Ça a dû stresser son frangin, je sais pas. Il est devenu comme fou. J'ai voulu le calmer, mais rien à faire.

Alors il m'a mordu.

Il fait un froid de canard, mais nous sommes sortis malgré tout. Les bois sont tellement beaux à cette saison. Une lumière d'orage pare les feuilles mortes d'une couleur orangée. Le sol resplendit. Je me sens l'âme d'un poète. Yann a hérité de celle d'un enfant. Sous mon regard amusé, il lance vers le ciel une poignée de feuilles.

Comme cette journée est douce.

Je sais pas ce qui m'a pris à ce moment-là. J'ai empoigné le gosse sous mon bras et j'ai marché d'un pas rageur vers mes outils. Ma main me lançait, y'avait la marque de ses dents. Alors j'ai pris la pince et j'ai tiré. Il a hurlé et s'est débattu, mais il est pas bien costaud, le petiot, j'ai pu le maîtriser facilement. Quand y'a plus rien eu dans sa bouche, je l'ai remis dans l'enclos avec sa sœur. Elle était prostrée dans un coin. Elle avait l'air d'avoir peur. Je me suis senti mal. Je suis pas un mauvais gars, moi, et puis je les aime, mes gosses. Ça m'a fait flipper d'un coup. Alors j'ai refermé et je suis rentré à la maison. J'ai allumé la télé, ouvert une bouteille. J'ai picolé jusqu'à sombrer dans le sommeil. Je suis pas un mauvais gars en vrai, faut me croire.

La nuit est tombée bien vite. On est rentrés, le bout du nez et des oreilles gelés. Sur la place en bas de l'immeuble, un type vendait des marrons chauds. Yann a voulu acheter un cornet. On s'est vite retrouvés avec les doigts noirs comme des charbonniers. Forcément, il n'a pas pu s'empêcher de me barbouiller le visage. Nous riions aux éclats en arrivant chez nous. On s'est déshabillés en frissonnant et je suis allé faire couler un bain. Un bain plein de mousse, comme quand j'étais enfant.

Quand je me suis réveillé, c'était le lendemain et il était pas tôt. J'étais avachi dans le fauteuil et j'avais un mal de tête carabiné. J'ai mis du temps à émerger. Je me suis pris une douche, histoire de m'éclaircir les idées. J'ai pas compris tout de suite ce que j'avais fait. Ça m'est revenu plus tard. Mais dès que je m'en suis souvenu, j'ai couru vers le hangar, il faut me croire, hein.

Le petiot, il avait beaucoup saigné, y'en avait partout. Et il avait dû choper une fièvre ou un truc du genre. Il était couvert de sueur. Sa frangine, elle était toujours dans son coin. Elle osait pas bouger. Je savais pas quoi faire. J'ai paniqué. J'ai refermé la porte et je suis allé m'occuper des truies. J'avais tout un lot à inséminer.

Quand je suis revenu pour nourrir les gosses, le petiot bougeait plus. Je pouvais quand même pas appeler le quinze. Qu'est-ce qu'ils m'auraient dit ? J'ai mis le gamin dans la fosse. Comme les porcelets, vous savez, les vingt pour cent.

J'ai dû m'endormir un peu dans le bain. C'est quand Yann en est sorti que je me suis réveillé. J'ai pris mon temps avant de le rejoindre, mais l'eau commençait vraiment à être trop froide.

Yann avait allumé la télé. J'ai pris deux bières et je l'ai rejoint. Il regardait un reportage sur la pollution des algues vertes. Une rediffusion. On voyait des touristes sur des plages bretonnes envahies. Un chercheur expliquait l'origine probable de cette prolifération : les élevages porcins.

Les images se succédaient, je regardais d'un œil, encore un peu groggy après ma sieste, quand il est apparu à l'écran. C'était lui !

J'osais plus y aller. C'était trop dur d'affronter l'absence du petiot et la peur de la gamine. Vous comprenez, hein ? J'ai jamais voulu leur faire de mal, moi. Je les aime, mes gosses. C'est quand le transporteur est venu pour prendre sa cargaison que ça a merdé pour de bon. J'étais pas là, on avait dû mal se comprendre sur les horaires. Il m'a cherché dans le hangar et il a vu la gosse. Il paraît qu'elle avait plus d'eau dans sa gamelle. C'est ça qui l'a tuée. J'aurais dû passer pour la nourrir et tout. Comme mes cochons. Mais c'était trop dur. Vraiment trop dur. Je suis pas un mauvais gars, moi. Je les aime, mes gosses.

Il est là, son visage rond et légèrement couperosé emplit l'écran quarante pouces. Avec un sourire avenant, il répond aux questions du journaliste.

— Leur bien-être, c'est important. C'est qu'on les aime, nos animaux. C'est un peu comme nos gosses !

Un, deux, trois

Première parution :

Anthologie *Sur le fil*

Collectif Pulp Ink

À mon père.

U N DEUX, TROIS...

Il pense à sa mère.

Minuscule femme, immense tristesse.

Un, deux, trois ; trois petits tours et puis s'en vont.

Elle tricote au coin du feu, la mine éteinte, le cœur froid de tant de malheurs. Son ventre est un cimetière, son bassin un meurtrier.

Elle tricote comme d'autres pleurent, sans retenue.

Une maille à l'endroit, une maille à l'envers, une, deux, trois, elle tricote.

Petit homme en culottes courtes, il observe, discret. Comme son crime doit être grave pour susciter chez sa mère si grand chagrin !

Il en fait, pourtant, des efforts.

Il mange bien, toute son assiette, même l'immonde langue de bœuf aux veines caoutchouteuses.

Il travaille dur, la terre est meuble après son passage aux champs ; le chardon ne laisse plus apparaître une seule fleur, décapité par sa faucille efficace ; la chèvre a les mamelles bien vides et le seau est plein du précieux nectar crémeux...

Il aime, câline, cajole. Sans retour.

Quelle odieuse personne il doit être pour ne mériter aucune affection !

Quelques années filent. Printemps, été, automne, hiver... La campagne se dévoile puis se drape, encore et encore.

Un, deux, trois.

Trois larmes au coin de ses yeux quand il la découvre dans la grange. C'est fini pour elle, cette mère déjà absente depuis longtemps. Elle l'a choisi, paraît-il...

Ne pas peser assez dans la balance, être insignifiant à ce point, incapable de la retenir. Il n'est rien ni personne, assurément.

Un, deux, trois.

Les souvenirs affluent.

Qu'elle est belle, cette femme, sa femme !

Les hanches douces, le rire franc, la pensée délicate comme une fleur perlée de rosée.

Fragiles, si fragiles les sentiments, dentelle de cristal...

Un jour je t'adore, le lendemain je te méprise, te renie.

Violence dans les cœurs, les rails s'éloignent, le train déraille.

Un, deux, trois ; trois petits tours et puis s'en vont, chacun de leur côté.

Faut-il être mauvais pour ainsi tout gâcher ?

Il songe encore, ses pensées virevoltent, flocons doux et blancs dans le vent hivernal.

Un, deux, trois.

Trois visages.

Monts de fierté.

Glissades dans la neige, avions haut dans le ciel d'une chambre d'enfant, petits secrets au coin du jardin.

L'or de la rivière coule dans le quotidien d'une famille.

Puis des voix adolescentes éclatent... Les colères inavouées forment une lave brûlante, l'amour se consume, se consomme. Les petits tas de cendres s'envolent au gré des bourrasques.

Solitude.

Briseur de rires, voilà ce qu'il est, un imbécile !

Un, deux, trois.

Trois nouveaux départs, trois chances à saisir. Amour inconditionnel. Malgré les volcans déchaînés, les pardons tombent en grêle froide et dure.

Homme d'allégresse, tout est possible. La mer s'ouvre à lui sans secret. Ses vagues tendres viennent lécher ses pieds, ses courants chauds glissent des bras aimants autour de ses épaules.

Il est *un*, fort, un roc au milieu des sables mouvants.

Un, deux, trois.

Trois coups de ciseaux dans ses racines.

Humain hors-sol, les voix venues de nulle part enflent en son esprit dérangé. La chimie de son cerveau explose en bulles multicolores, les anges volent au-dessus des falaises, le diable rit dans son jardin. Il sème le sel au gré du vent.

Un, deux, trois.

Trois gouttes dans le verre, trois comprimés au creux de la main. Dépendant, ainsi a-t-il échoué. Comme son âme doit être noire pour vibrer de la sorte, à contresens.

Un, deux, trois.

Trois petits tours autour du cou.

Aujourd'hui, il les délivre tous.

Va, la sœur jamais vraiment née, je te délivre de mes fantasmes enfantins.

Va, la mère sans bonheur, je te délivre de ma mémoire.

Va, la femme autrefois choyée, *je te délivre de ma haine.*

Fuyez, mes enfants adorés. Il est encore temps pour vous. Mes immondes tentacules ont à peine grisé vos peaux immaculées.

Je vous libère du poids de ma vie.

Je me libère d'une existence exempte de sens.

Je libère...

Les pensées tournent.

Un, deux, trois.

Trois petits sourires. Trois paires de mains roses et potelées. Trois lendemains.

Nouvelle génération à venir, affranchie de son influence néfaste, du fardeau de sa présence.

Finies, les glissades sur les pentes enneigées.

Finis, les avions dans les chambres aux murs décorés.

Fini...

Point d'espoir, nulle embellie dans son ciel noir, l'avenir s'est tu.

Un, deux, trois, il est trop tard...

Le nœud serre fort maintenant, si fort, trop fort.

Marron

Première parution :

Anthologie *10 nuances d'Indés*

Collectif Le Club des Indés

M ERDE, merde, merde…

Je jette un œil en arrière. La forêt est calme. Je les sais pourtant à mes trousses. Ce n'est qu'une question de minutes avant qu'ils ne fondent sur moi. Ma course maladroite ne parviendra jamais à les semer. Mes baskets brisent les branches au sol, fouillent la terre meuble et dispersent les feuilles mortes. Ils liront sans aucun problème ma piste malgré la nuit. Ils sont bien trop entraînés pour le pauvre hère que je suis et la lune pleine les éclaire tout autant que moi.

Ma gorge brûle à chaque inspiration, la sueur vient brouiller ma vue. Mes membres inférieurs, plus habitués au canapé qu'à la salle de sport, menacent de céder à chaque nouvelle foulée. L'envie d'abandonner m'emplit, mais la peur que m'inspirent ces types est encore plus forte. Comment ai-je pu me fourrer dans une telle situation ?

Plus que trois minutes avant la sonnerie. J'ai hâte de sortir du travail. Sur le tapis roulant devant moi, les bouteilles se succèdent. D'un geste mécanique, j'extrais de la chaîne les rares indésirables pour ne laisser passer que les matériaux recyclables.

Allez, go ! Je me casse enfin. Les vestiaires sentent la transpiration, c'est encore pire que l'odeur des déchets que je manipule à longueur de journée. Seul sous le jet brûlant, je bénis l'installation récente de cabines de douche. Malgré les restrictions en eau, la tempo[7] me suffit pour délasser mon corps abruti par les gestes répétitifs. Le savon compatible avec l'arrosage des cultures laisse ma peau sèche, mais je sors de là reboosté. Comme j'enchaîne sur un rendez-vous galant, je suis bien content de ne pas devoir repasser par mon appartement.

Dehors, un soleil accablant m'accueille. Loin des climatiseurs, désormais obligatoires dans tous les lieux de travail, la chaleur se révèle écrasante. Je saute dans le tramway pour échapper à la fournaise. Les véhicules individuels sont interdits pour le commun des mortels depuis un bail et je suis bien trop feignant pour rouler en vélo ou en trottinette.

Quatre stations plus loin, je descends et rejoins le bistrot le plus proche. Gabriel est déjà arrivé. C'est notre cinquième rendez-vous ; l'alchimie entre nous est presque parfaite. Deux gars de quarante-cinq piges, un peu dégarnis, bien en chair voire bedonnants... Nous formons un couple aussi banal que nous le sommes.

Installé sous la tonnelle végétale ventilée, il patiente en pianotant sur son smartphone. Son air soucieux m'étonne ; je ne l'ai jusqu'à présent connu qu'enjoué, plaisantin même.

— Bonsoir Jules.

Un sourire qui ne parvient pas à toucher ses yeux apparaît sur ses lèvres. J'y dépose un baiser chaste. Tellement plus que ceux échangés deux jours plus tôt... Le rouge me monte aux joues à l'évocation de notre nuit torride. Eh oui, même à un âge canonique, on peut encore piquer un fard pour ça !

— Tu as passé une bonne journée, Gabriel ?

— Comme d'hab', j'ai tenté de sauver le monde !

Je lâche un petit rire. Mon ami est informaticien. Il résout des bugs pour le gouvernement. Malgré tous les progrès en matière d'intelligence artificielle, les humains en chair et en os restent utiles : Gabriel intervient justement quand l'IA n'a pas su solutionner un problème. Et d'après ce que j'ai compris, il n'est jamais en chômage technique.

— J'ai déjà commandé à boire. Je t'ai pris une brune, ça ira ?

— Parfait.

— Je vais devoir partir rapidement, il y a eu un souci au boulot... mais j'avais envie de te voir malgré tout.

Ça me fait plaisir de l'entendre prononcer ces mots. J'ai beau être un peu désabusé, je reste un romantique dans l'âme. Alors que nos bières arrivent, une voix grave s'élève dans mon dos. Je me retourne et découvre une femme en uniforme du ministère.

— Monsieur Rosier ?

Mon compagnon s'est raidi. Un vent de panique souffle dans ses yeux, il acquiesce toutefois avec une nonchalance feinte.

— Veuillez me suivre, je vous prie.

— Gabriel ? Ça ne va pas ?

— Si, si. Tout va bien, c'est juste pour le boulot.

Il se lève, se penche pour m'embrasser, glisse une main caressante dans mon dos. Ses doigts s'attardent sous la ceinture de mon short, je cache ma surprise devant ce geste osé en public. Il se redresse.

— On se rappelle, mon vieux. Merci pour les bons moments.

Ses phrases sonnent comme un adieu. Me voilà terriblement mal à l'aise. La femme l'escorte jusqu'à une voiture solaire aux vitres teintées. Dans la rue, je remarque au moins trois gorilles armés. Cette histoire est louche. Dans quel pétrin a bien pu se fourrer Gabriel ? Est-ce vraiment en lien avec son travail ? Je sens sur moi des regards lourds. À mon avis, j'ai tout intérêt à faire profil bas. Je bois ma mousse le plus tranquillement possible, simulant une détente que je ne ressens guère.

Après avoir passé ma carte d'identité dans la borne de pointage, je me lève sans hâte pour attendre le tram. Lorsque je m'y assois, je repère l'un des gardes à quelques rangées de moi. Me voilà surveillé. L'inquiétude grandit, tant pour ma propre pomme que pour celle de mon compagnon. On se connait depuis peu, mais je m'imaginais déjà emménager dans un T2 avec lui. J'ai la mauvaise intuition que c'est foutu pour la belle idylle sans accroc...

Quand j'arrive enfin dans mon studio, je me permets de souffler toutes mes craintes dans un long gémissement. J'ai la trouille. Le gouvernement humaniste n'est pas réputé pour son tact et sa diplomatie. Depuis l'effondrement économique des années vingt, les lois se sont durcies, chaque mois plus liberticides. Si notre existence paraît paradisiaque avec la totale gratuité de la vie en échange des trente heures de travail hebdomadaires, ce n'est pas sans contrepartie. Censure de la presse, supervision du moindre programme télé, contrôle absolu des naissances, limitation des denrées, flicage de la consommation énergétique et j'en passe. Sauver l'humanité ne s'est pas fait sans heurts ni sans arrestations intempestives.

Je m'affale sur le canapé-lit de mon meublé règlementaire : quatre murs blancs de longueur identique, une baie vitrée s'ouvrant sur un petit balcon, une kitchenette d'un mètre carré dissimulée derrière un rideau bleu, une porte fermée sur une salle d'eau sommaire bien que fonctionnelle. Comme tous les célibataires, je bénéficie d'un logement à la mesure de ma situation familiale. Certes rien de très luxueux, néanmoins je ne me plains pas, je jouis de tout le confort nécessaire.

Malgré la climatisation, je suis en nage. L'étiquette de mon short me démange. Je me penche en avant sans me lever et me gratte avec nervosité. Un petit objet scratché sur la ceinture intérieure de mon vêtement glisse alors entre mes doigts. Qu'est-ce que c'est que ce truc ? Je repense au geste déplacé de Gabriel. C'est sûrement lui qui l'a dissimulé là. Quelle drôle d'idée de planquer un truc dans mon caleçon !

Je ramasse la chose. On dirait une mini clé informatique. Je sors ma tablette numérique et pose l'objet sur le lecteur. Un claquement sec retentit, les lumières vacillent un instant dans l'appartement, puis mon écran se brouille. La seconde suivante, le visage de Gabriel apparaît.

— Bon, ça fait un peu film d'espionnage d'avant l'effondrement, pourtant si tu m'écoutes Jules, c'est mauvais signe. Cherche pas, je suis mort. Et j'en suis désolé, je pensais avoir le temps de vivre plusieurs années en ta compagnie, c'est marron. Bref, pas de temps à perdre. Mon programme a brouillé ton logement, car tu étais probablement sur écoute du simple fait de notre … euh … proximité. Sur cette clé, il y a un second programme contenant des révélations capitales. Il faudrait que tu le transmettes à la résistance. L'état est en train de placer secrètement une partie de la population en sécurité dans des bunkers hautement sécurisés. Il semblerait qu'un énorme météorite se soit écrasé au beau milieu du Sahara il y a trois jours. Le hic, c'est qu'il contenait en son cœur une forme de vie extraterrestre. Je ne suis pas chimiste, donc la suite sera un peu brouillonne, mais ce qu'il faut comprendre, c'est que ces organismes se multiplient à grande vitesse. Ils consomment du dioxygène, beaucoup de dioxygène, et rejettent une molécule jusqu'à présent inconnue qui s'associe avec les atomes d'oxygène. Ce nouveau gaz est hautement toxique pour l'espèce humaine ; et toute vie terrestre d'ailleurs. Pour s'en protéger, l'élite a donc décidé d'évacuer dans des lieux sous-marins tenus secrets. Ces endroits sont peu nombreux et fonctionnent en vase clos, avec leur propre atmosphère créée artificiellement. Il faut absolument prévenir la population. Nous ne pouvons pas laisser la planète entière crever. J'ai intercepté l'information en réglant un bug de l'IA, c'est cette dernière qui a fait le choix de n'informer qu'une toute petite partie du gouvernement. Un choix soi-disant rationnel, car dénué d'émotion. Cependant les neurosciences d'avant l'effondrement avaient bien mis en avant l'importance de ces dernières dans la prise de décision... Bref, je crois, au contraire, qu'il faut avertir un maximum de personnes et compter sur l'émulation du groupe pour trouver une alternative. Je suis certain qu'il y a un moyen de combattre ces organismes, quoi qu'en dise l'IA. Pour que la vie telle que nous la connaissons puisse continuer sur Terre, il faut absolument que tu transmettes ma clé à la résistance. Son existence n'est pas un mythe et je connais l'une des bases. Regarde, elle se situe ici.

Une carte s'affiche, remplaçant le visage sérieux de mon amant. J'ai peine à croire ses paroles. Je ne veux pas les croire...

— Il te faudra quitter la zone urbaine et emprunter le G.R.A-Ter à la périphérie du quartier Cousteau. Au kilomètre trois, tu verras un rocher de granit tagué d'une horloge dont les chiffres ont été remplacés par des singes. Cela fait référence à un vieux film du vingtième siècle. Derrière, se cache un sentier que tu devras emprunter jusqu'à un ruisseau. Là, tu prendras à gauche pour le descendre. Tu arriveras peu après à une mare, cette fois, prends à droite et marche tout droit, tu finiras par tomber sur le repère. Ce sont les résistants qui viendront à toi.

L'écran switche à nouveau et je retrouve le regard gris acier de Gabriel. Un regard éteint à jamais ? D'un air grave, il conclut par quelques mots tendres à mon égard que mon esprit peine à entendre. Je n'ai pas envie. Pas envie d'accepter sa disparition. Pas envie d'être mêlé à un complot contre le ministère. Pas envie d'aller galoper dans la forêt à la recherche de soi-disant résistants. Pas envie de croire en son histoire d'extraterrestre et d'oxygène. Et, par dessus tout, je n'ai pas envie de crever !

Si j'en crois la présence de cette femme en voiture individuelle et de son cortège de gardes, l'histoire des E.T. est malheureusement réelle. Donc en restant comme un con dans mon appartement, je vais finir par claquer comme un con. Quitte à mourir, autant tenter l'impossible...

Plein de bonnes résolutions, je me lève, enfile la tenue confortable que chacun et chacune possède, puis passe une paire de baskets. Dans mon petit sac à dos règlementaire, je glisse une gourde et deux poignées de biscuits secs que j'emballe à l'aide d'un sachet en toile. Les suremballages plastifiés et cartonnés ont été interdits il y a déjà dix ans. La plupart des aliments sont désormais livrés en vrac et le recyclage des matériaux indispensables totalement contrôlé par les ouvriers tels que moi. Une double mesure saluée par l'ensemble de la population, ou presque. Grâce à toutes ces interventions politiques, le jour du dépassement a régressé jusqu'en novembre. Insuffisant, certes, mais l'humanité tient le bon bout. Pourtant, tous ces efforts pourraient être anéantis par un simple météorite. Nous ne valons pas mieux que les dinosaures...

Après un passage aux toilettes sèches, je camoufle la clé dans l'étiquette de mon tee-shirt — la fixant avec une simple épingle à nourrice — et quitte mon appartement sur un dernier regard. Reverrai-je un jour ce studio ?

Dehors, le jour tombe. Une poignée de jardiniers encore en fonction profite de la fraîche pour arroser les potagers urbains. Le système de goutte à goutte, alimenté avec les eaux grises et le pédalage des professionnels, hydrate la moindre zone verte. Chaque parcelle entre les immeubles et les pistes cyclables est prise d'assaut par des plantes comestibles ou mellifères. Au bord des voies de trams, les fruitiers pullulent : orangers, amandiers, bananiers, dattiers... Ce paysage est si différent de ceux de mon enfance. Pour survivre, l'espèce humaine a dû évoluer aussi vite que son environnement. Cela ne s'est pas fait sans heurts. Aux belles idées utopiques, se sont vite greffés des discours totalitaires.

En traversant ma zone résidentielle, mon œil est attiré par la fumée blanche qui s'échappe, au loin, du réacteur nucléaire. À l'opposé, un champ d'éoliennes surmonte une colline tandis que les panneaux thermiques et photo-voltaïques couvrent en grande partie les bâtiments. Pour conserver un train de vie correct, les dirigeants n'ont pas lésiné sur la production énergétique. Je me demande quels impacts écologiques peuvent bien impliquer tous ces équipements. Quels mensonges dissimule notre gouvernement ? Et si cette histoire de péril extraterrestre n'était qu'un problème parmi tant d'autres ? Et si je risquais ma vie en pure perte ? N'aurais-je pas dû profiter simplement du temps qu'il me reste au lieu de me dresser contre l'état ?

Je n'ose pas regarder derrière moi. Me surveille-t-on encore ? Probablement... Comment les semer ? Une idée germe dans mon esprit. Résolu, je marche d'un pas vif vers le square Vandana Shiva, traverse le jardin puis les hangars culturels. Je bifurque brusquement, emprunte le hall d'un immeuble, ressors dans le quartier Thunberg. Encore quelques changements de direction, quelques passages improbables, puis j'atterris à proximité du fameux sentier de grande randonnée A-Ter. Alors que je croise plusieurs promeneurs, j'effectue un rapide étirement en les saluant.

— Belle soirée pour un footing, me lance une jeune femme d'allure sportive.

— N'est-ce pas !

Ma voix reste ferme en dépit de mon stress intense. Pendant qu'elle s'éloigne, j'endosse mon rôle à fond et pars en trottinant. Trois kilomètres, il ne faut pas que j'aille trop vite si je veux tenir...

Ils ont retrouvé ma piste tandis que je m'éclipsais derrière le rocher. J'ai commencé à courir plus vite, m'aidant des rayons de lune pour éviter branches et pierres. Depuis combien de minutes suis-je lancé à folle allure ? Mon corps poussé à bout est au bord de l'implosion. La douleur irradie dans mes jambes tout autant que dans mes poumons.

Tenir, je dois tenir.

Soudain, un reflet ondoyant apparaît devant moi : le ruisseau ! Vite ! D'un bond maladroit, je le traverse et poursuis ma course vers l'aval.

— Il est là !

Mon cœur se comprime de terreur. La voix a déchiré la nuit, emportant avec elle mes dernières illusions. Je suis foutu, marron. Vainement, je pique un sprint. La mare est là, j'y suis presque. Bifurquer à droite. L'adrénaline me donne des ailes et masque en partie la souffrance physique.

Courir, espérer, courir encore.

Le sang bat mes tempes avec force, masquant tout autre son. Sont-ils juste derrière ou ai-je encore un peu d'avance ? L'ignorance me torture. Impuissant, je poursuis ma course. La végétation devient plus touffue, des branches basses giflent mes joues. Des larmes perlent ; douleur et peur se mêlent.

Enfin, une clairière. J'y suis, assurément. Une détonation retentit suivie d'une brûlure entre mes omoplates.

Je m'écroule. Mon visage heurte avec violence le sol couvert de feuilles et d'aiguilles de pins. Ma vue se brouille. Je vais mourir. Si près du but. Je vais mourir et l'humanité suivra... Les dirigeants sauveront-ils vraiment leur peau dans leurs bunkers aquatiques ? En cet instant, je les maudis. Qu'ils clamsent tous et toutes !

Mon corps refuse de bouger, respirer est un supplice. La terreur grandit de seconde en seconde. Je ne veux pas crever ! Le visage de Gabriel s'impose en moi. Sa rencontre valait-elle ce sacrifice ? Je me remémore ses yeux gris, son sourire moqueur, la douceur de ses baisers et de ses caresses…

Oui.

Oui, les instants partagés en valaient la peine. Au diable l'humanité, j'ai aimé.

Ironwoman

Inédit

L E RÉVEIL sonne et me tire d'un rêve sans queue ni tête. Avec l'approche de la course, mes nuits ne sont plus si sereines. J'ai néanmoins une belle énergie ce matin, l'entraînement me réussit. À l'évocation de l'ironman, un sourire s'étend sur mes lèvres. Je vais enfin le faire ! Après plusieurs années à enchaîner les triathlons, je passe à la vitesse supérieure.

Une odeur de cacao assaille mes narines. Dans la cuisine, Cindy et Mélany sont déjà attablées.

L'une devant son bol de céréales au chocolat, l'autre devant un Miam-Ô-Fruits. Si elle a adopté le même petit-déjeuner que moi, mon aînée n'a pas suivi plus avant mon mode de vie. Aux entraînements quasi quotidiens, elle préfère les répétitions avec son groupe de rock alternatif. Seize ans déjà ! J'ai du mal à la voir si grande. Toute de noir vêtue, elle arbore un piercing au creux du menton ainsi qu'un tatouage dans le cou. Suis-je une bonne mère de la laisser marquer ainsi son corps ? Ne regrettera-t-elle pas plus tard ses choix de jeunesse ? Je vois pourtant tout le plaisir qu'elle a à mettre en scène son personnage de musicienne énigmatique et sombre. Qui serais-je pour ne pas lui laisser la liberté de rêver ?

Ma cadette est si différente. Pas de grand groupe d'amis, aucune demande pour des soirées ou des sorties en ville. Toujours discrète, presque transparente si j'en crois son professeur principal. Chaque mois, elle s'enferme un peu plus dans ses livres. J'ai toujours eu du mal à comprendre son engouement pour la lecture, moi qui ai tant souffert de ma dyslexie. Sous mes yeux, les lettres se brouillent, elles ondulent et se moquent en même temps que s'accélère mon rythme cardiaque. Je peux encore éprouver la bouffée d'angoisse qui m'envahissait avant chaque devoir scolaire... Un frisson me parcourt. Non, vraiment, c'est une activité incompréhensible pour moi. Pour autant, c'est presque une revanche d'avoir donné la vie à une littéraire.

Parenthèse douche, je savoure la chaleur de l'eau sur ma peau. Le sport a façonné mon corps et aiguisé mes sens. Chaque goutte est captée, appréciée. Les yeux fermés, le temps s'arrête… Je dois malgré tout le rattraper, il ne s'agirait pas de commencer ma tournée en retard. Vite, une serviette, un léger maquillage, une tenue sobre…, me voici prête à partir au travail. Le miroir me renvoie l'image d'une presque quarantenaire au physique sec. J'ai toujours eu du mal à prendre du poids, mais ma nouvelle alimentation semble porter ses fruits. J'aperçois quelques nouvelles rondeurs qui ne sont pas sans me plaire. Trêve de minauderies, j'enchaîne plusieurs rendez-vous aujourd'hui, je n'ai décidément plus une minute à perdre. J'embrasse rapidement les filles et leur souhaite de bons cours. Elles prendront le bus tandis que je saute dans ma voiture.

La journée file à toute vitesse. Entre deux entreprises, j'écoute un audio book avec grand-peine. Mon attention a bien du mal à se poser sur le récit. La voix du narrateur me déplaît particulièrement, presque nasillarde. Je veux pourtant faire cet effort, c'est l'un des livres préféré de Cindy et j'aimerais pouvoir en parler avec elle. Peine perdue, mon esprit vagabonde, il est déjà en train de nager, pédaler, courir. J'ai besoin de ma dose de sport comme une droguée de sa seringue.

Me voici enfin à la piscine, première arrivée, tout est calme. Le parfum du chlore m'est devenu si doux depuis quelques années. Qui aurait pu croire que « Manon la gauche » saurait un jour dompter son corps ? La ligne d'eau m'appelle... J'ai hâte de fendre la surface encore immobile, de voir les petites bulles s'échapper de mes ongles aux passages de bras, d'accueillir chaque bruit et chaque cri à travers le filtre de l'eau. Entre mes doigts, la texture de mon bonnet semble si suave. Il ne me reste plus qu'à l'enfiler avant de plonger avec délice.

Un, deux, trois, quatre, cinq, respire ; un, deux, trois, quatre, cinq, respire. Plus rien n'existe. Le temps s'étire autant qu'il se suspend. Je flotte dans un néant salvateur.

Retour en cabine. Une grande lassitude me tombe soudain sur les épaules. C'est probablement la faim, je sens mon ventre gargouiller. Ceci dit, je devrais peut-être prendre rendez-vous avec le docteur quand même... J'ai remarqué davantage de coups de pompe ces derniers temps. Je me lève pleine d'entrain, mais la sieste m'appelle après chaque déjeuner et mon lit, plus tôt que d'habitude. Mon entraînement serait-il mal dosé ? Je suis pourtant à la lettre les conseils de mon coach. À moins qu'il ne s'agisse d'une carence ? Oui, j'appellerai le cabinet médical dès demain.

La tension est correcte, rien à signaler. Monsieur Dubreil me prescrit une prise de sang. Nous parlons quelques minutes de l'ironman. Lui aussi est sportif, il comprend sans peine mon addiction aux endorphines.

Cette dépendance porte un nom : la bigorexie.

Je ne pense pas être à ce point malade du triathlon... Je dois cependant admettre que plus grand-chose n'a d'importance en dehors de mon entraînement.

Allons, la course est dans à peine un mois, je suis persuadée que ça ira mieux ensuite. Cet ironman, c'est presque un rêve, un aboutissement. L'apaisement suivra, assurément. Une dernière course avant de tourner la page, peut-être.

Il a plu durant toute ma sortie. Quelques mèches de cheveux échappées du casque restent désespérément collées à mon visage. Plus une partie de mon corps n'est épargnée par l'humidité, malgré mes vêtements high-tech. Je descends du vélo avec une moue qui se transforme en grimace quand une douleur violente irradie mon dos. Merde ! J'ai dû faire un faux mouvement. J'accroche la roue avant sur son support et m'empresse de m'étirer pour faire fuir la crispation. La zone se détend, je me redresse. Ce n'est pas le moment de me blesser, le week-end prochain, c'est le grand jour !

Après un verre d'eau et une douche express, je m'affale sur le canapé. Une grande lassitude m'envahit. Elle est de plus en plus intense. Sûrement la carence en fer mise en évidence par le Dr Dubreil. Je prends mes compléments avec attention, sans effet sur la fatigue. C'est à n'y rien comprendre.

Allons, pas le temps de lézarder, les filles rentrent dans deux heures et je leur ai promis un plat de lasagnes. Je m'extirpe à regret du canapé et la pointe dans le dos se fait à nouveau sentir. Je tente de masser d'une main maladroite.

Il faudrait peut-être que j'apporte mon vélo chez Sébastien, les réglages me paraissent bons, mais je suis visiblement passée à côté d'un détail. C'est sûrement pour ça que mon dos râle. Plus jeune, j'ai dû suivre de nombreuses séances de kinésithérapie en raison d'une petite scoliose. Oui, c'est juste une erreur de réglage...

Cette gêne a décidé de me pourrir la soirée ! Je ne peux plus me pencher ni effectuer une torsion à la recherche d'un couteau sans que la douleur me rappelle à l'ordre. Une partie de mon esprit voit l'ironman s'éloigner au galop, une autre tente de me rassurer : une séance d'ostéo et le tour sera joué. Je n'ai jamais été aussi prête !

J'ai de plus en plus mal, les oignons ont cramé, je peine à couper les carottes... Soirée de merde ! Voilà que mes intestins font des leurs. Je lave mes mains en vitesse et me traîne le plus rapidement possible aux toilettes.

Alors que je descends mon pantalon de pyjama, un flot d'urine se met à couler. La peur m'envahit, je me pisse dessus ! Le liquide clair s'étend sur le carrelage froid, mes pieds deviennent une île, ma raison se noie. Moment de flottement, je ne parviens même pas à m'asseoir sur ces fichus WC. Je suis comme statufiée. La douleur revient, venant briser l'ensorcellement. Aussitôt après, une formidable force se met à pousser en moi. Impossible de l'arrêter, c'est comme si un trois tonnes passait au travers de mon corps. Mon bassin s'écarte. Je pousse un râle bestial, sourd et profond. Je refuse de comprendre. C'est impossible ! Mes doigts se posent sur mon entrejambe. C'est chaud, humide. Un nouveau son grave et puissant s'échappe de ma gorge. Mes mains recueillent une masse glissante.

Un nouveau cri, aigu celui-là.

Je reste hébétée.

C'est inconcevable ! Comment ai-je pu passer à côté ? Comment mon entourage, mon médecin, mon corps — même — a-t-il pu passer à côté de ça ?

Je regarde, l'esprit vide.

C'est calme, un peu fripé. Ça gesticule d'une drôle de manière.

Une image se superpose, celle de l'ironman. Ma course, ma précieuse course... Ce serait si facile... Un geste, un simple geste... Pourquoi pas ? Je sens ma main gauche se refermer sur le petit cou trempé, prête à serrer. C'est chaud.

Ça palpite et ça gigote.

Ça ouvre les yeux.

...

Ça me regarde.

...

Il me regarde.

Les larmes emplissent mes yeux, ma vue se brouille.

Comme en écho, *il* se met à pleurer.

Tout en moi se crispe, le temps d'un battement de paupières.

Puis irrésistiblement, mes bras l'emplissent ; son petit torse chaud contre le mien. Son odeur exquise envahit mes narines, sa peau appelle ma peau, mon sein se tend en réponse à sa bouche qui s'agite.

Il faudra bien l'aimer, malgré tout. J'en suis capable, je le sais. Mon corps déjà a choisi son camp.

Et tandis que la course s'éloigne, mon cœur s'ouvre pour t'accueillir, mon fils, mon incroyable bébé clandestin.

Le Cadeau

Première parution :

Anthologie *Plumes d'hiver*

Association des Plumes Indépendantes

Ç A ME GONFLE !

Voilà, c'est dit.

Enfin pensé en tout cas.

Un coup d'œil dans le miroir m'invite à remettre un peu d'ordre dans mes courts cheveux bruns. La chemise grise met en exergue mes yeux bleu glacier. Je m'adresse une moue désabusée. Suis-je présentable ? Cravate ou pas ? Dans le doute, j'ôte plutôt un bouton pour laisser apparaître un détail du tatouage qui s'étend sur mon torse. Allez, le gilet en tricot offert par Mamie l'année dernière et ça ira.

Comme je hais Noël et son étalage de faux bons sentiments...

Lorsque je quitte mon immeuble, une bourrasque glaciale m'agresse. Manquerait plus qu'il neige ! Autour de moi, les gens se pressent, tous pomponnés. Ça empeste la cocotte, je cache un peu plus mon nez derrière ma lourde écharpe noire pour échapper à ces effluves.

Après un petit kilomètre de marche, je m'engouffre dans une bouche de métro. Ça claque, ça grince dans les escalators et moi, je m'imagine avec nostalgie devant Netflix en compagnie d'une petite bière. Misère, comme j'aimerais y être plutôt que de m'engager vers les enfers d'une soirée en famille !

En attendant le prochain train, puisque le précédent vient de me passer sous le nez, je pianote sur mon smartphone, mais les réseaux sociaux sont remplis de « joyeux Noël ! » et ça ne fait qu'amplifier ma déprime. Je bascule sur un livre audio en glissant mes écouteurs dans mes oreilles.

Plus que trois stations. Si seulement ça pouvait être dans mille... Parfois le temps s'étire à l'infini, pas ce soir. Vite, bien trop vite à mon goût, me voilà de nouveau sur un quai. Je lâche un soupir, enfonce mes mains dans les larges poches de mon manteau puis me remets en route. Après l'atmosphère souterraine poisseuse et une volée de marches, je retrouve le vent hivernal. Une légère bruine vient saupoudrer mon visage. Sans trop savoir pourquoi, elle me donne l'envie de pleurer. Allons, je dois me reprendre. Ça va aller, je vais faire acte de présence, sourire à tout le monde et je rentrerai au plus vite.

Les minutes ont filé au rythme de mes pas lourds et la maison familiale se dresse déjà devant moi. Un lampadaire l'éclaire d'une lumière blafarde. Je prends une grande bouffée d'air avant de sonner. J'entends des éclats de voix, un rire aigu, puis une ombre apparaît derrière la porte munie d'une vitre opaque. Une ampoule s'allume tandis que le battant s'ouvre sur ma mère.

— Camille, tu as coupé tes cheveux.

Elle me lâche ça avant même un bonjour. J'appuie fortement sur le mien.

Elle tend la joue.

— Tu piques.

C'est parti pour une soirée de reproches. Je serre les dents pour ne rien répliquer. La colère m'envahit.

— Ton père va avoir besoin de toi pour les petits fours. Mets ton manteau au dressing et file l'aider dès que tu auras salué tout le monde.

Une fois dans le salon, j'ai l'impression que chaque invité me dévisage avec gêne. Je ne m'attarde pas auprès de cette famille qui m'insupporte. Au moins, il n'y aura que Papa à affronter en cuisine.

— Salut Camille. Prends le couteau, il reste encore tout ça à tartiner.

Une bouffée de colère m'envahit, pourtant je m'exécute sans rien dire. Ma lâcheté me déprime presque plus encore que le comportement de mon père.

Cette fois, il faut bien retourner socialiser... Si seulement je pouvais me planquer dans un coin et me faire oublier. J'évite ma cousine qui vient d'arriver, mais me fait alpaguer par son abruti de mari. Il pavane avec sa fille dans les bras. Elle doit avoir cinq mois maintenant. Elle me sourit puis lâche une gerbe de lait caillé sur le costard du couillard. Je l'aime bien, cette petite, finalement. Avec un rictus de dégoût, il rend la gamine à Sophie et j'en profite pour m'éclipser.

Ouf.

Je me sers un whisky que j'enfile d'une traite ou presque. Ça sera plus facile de tenir avec un peu d'alcool dans le sang.

Après un deuxième verre, ma tête commence à tourner légèrement. Je me réfugie dans un mutisme salutaire. La soirée s'étire : apéro, entrée, plat, fromage, écœurante bûche à la crème... Le temps n'en fait décidément qu'à sa tête... Enfin, l'heure des cadeaux vient, je vais pouvoir partir bientôt.

Trois petits paquets portent le nom de Camille. Je les attrape avec un grognement. Tout le monde s'extasie alentour. Ça sonne faux et ça m'énerve encore davantage.

J'ouvre le premier présent : un parfum fruité dans une bouteille à paillettes. Pitoyable. Le deuxième : une paire de chaussettes violettes avec des petits cœurs gris. Immonde. Le troisième contient une box pour un massage.

— Papa et moi, on s'est dit que ça te ferait du bien, Camille. Ta thèse t'épuise, c'est évident. Il faut prendre soin de toi, mon ange...

Un vague « humf » m'échappe. Puis ma grand-mère pousse mon père avec la délicatesse d'un rhinocéros. Affichant un immense sourire, elle me tend un dernier paquet.

— C'est pour toi.

Je m'en saisis avec une once de suspicion. Le papier cadeau est d'un noir et blanc sobre. C'est dur, rectangulaire, format avis de décès... Visiblement pas de tricot cette année.

J'écarte les pans de l'emballage et révèle un panneau en bois clair. Quand je le retourne, mon regard s'embue d'émotion.

— C'est moi qui l'ai pyrogravé, me dit-elle avec fierté de sa voix éraillée d'ancienne fumeuse.

Je lève des yeux pleins de remerciements sur ma Mamie. Enfin, je me sens vu.

— C'est le plus beau cadeau..., ma phrase se meurt dans un sanglot d'émotion.

Je lis à nouveau l'adresse inscrite d'une écriture tremblotante :

Monsieur Jérôme Badine

2 rue des arts

35 000 Rennes

— Ça me fait plaisir qu'il te plaise, Jérôme. Je suis contente d'avoir un petit-fils comme toi.

« un petit-fils »

Elle me prend dans ses bras et je m'abandonne à cette étreinte, comme autrefois.

Comme autrefois, sauf qu'aujourd'hui, je suis un homme à ses yeux, pour la toute première fois.

Enfin, j'existe pleinement dans le regard d'autrui.

Je me sens comme incarné, à ma place.

Camille n'a jamais été dans mon âme, mais Jérôme vient à peine de naître, après une gestation de vingt-six longues années.

Camille s'est éclipsée, vive Jérôme !

Merci à Guy pour sa relecture sensible et bienveillante.

Notes

1. Centre médico-psychologique.

2. La momie est actuellement gardée par le Musée national d'Histoire naturelle de Santiago.

3. Appelée le cerro El Plomo, cette montagne est située au Chili. Les Incas l'avaient nommée *Apu*, le « gardien de la vallée ». Ils y firent de nombreuses cérémonies.

4. Empereur Inca.

5. « Promoting Aphasia Communication Effectiveness ».

6. Concours de saut d'obstacles

7. Dispositif électrique permettant de minuter le temps de fonctionnement.

Remerciements

Merci d'avoir pris le temps de me lire.

Si vous avez apprécié ces nouvelles,
n'hésitez pas à laisser un commentaire
sur Internet (Babelio, Amazon...) et à
en parler autour de vous.

Ce sont vos avis qui font vivre nos écrits !

Vous pouvez me retrouver sur mon site internet :
jeanne-selene.fr

et me suivre sur Facebook, Twitter et Instagram.

Mentions Légales

Jeanne Sélène, Saint-Brice, France

jeanne-selene.fr

Textes protégés, toute reproduction
partielle ou complète interdite sans autorisation

Polices Rajdhani, Bernard et Cambria

Illustration pissenlits et parapluie : AnnaliseArt CC0
Illustration chat : Victoria_Borodinova CC0
Illustrations arbre : GDJ CC0
Illustation cosmos : OpenClipart-Vectors CC0
Autres illustrations : Clker-Free-Vector-Images CC0

ISBN : 979-10-96202-65-2